U0936703

快乐读书吧
小学生课外阅读书系

中国大百科全书出版社　知识出版社

图书在版编目（CIP）数据

北欧神话 ABC / 茅盾著. -- 北京：知识出版社，2020. 10

ISBN 978-7-5215-0259-6

Ⅰ. ①北… Ⅱ. ①茅… Ⅲ. ①神话 — 文学评论 — 北欧 Ⅳ. ① I277.5

中国版本图书馆 CIP 数据核字（2020）第 197455 号

北欧神话 ABC

茅　盾　著

出 版 人　姜钦云
丛书策划　李默耘
图书统筹　李现刚　王云霞
责任编辑　姚常龄
责任印制　陈　凡
美术编辑　张　婷
出版发行　知识出版社
地　　址　北京市西城区阜成门北大街 17 号
邮　　编　100037
网　　址　http://www.ecph.com.cn
电　　话　010-88390659
印　　刷　晟德（天津）印刷有限公司
开　　本　880 毫米 ×1230 毫米　1/32
字　　数　91 千字
印　　张　5
版　　次　2020 年 10 月第 1 版
印　　次　2021 年 3 月第 2 次印刷
书　　号　ISBN 978-7-5215-0259-6
定　　价　25.00 元

目录

例 言 /001

第一章 绪言 /001

第二章 天地创造之神话 /006

第三章 众神之王奥丁 /017

第四章 众神之后弗丽嘉 /024

第五章 雷神托尔 /030

第六章 勇敢及战争之神提尔 /044

第七章　诗歌与音乐之神博拉吉　/049
第八章　春之女神伊敦　/053
第九章　夏与冬之神　/057
第十章　光明神与黑暗神　/063
第十一章　丰饶之神弗雷　/073
第十二章　森林之神维达尔　/077

第十三章　海洋众神　/079
第十四章　美与爱之神
　芙蕾雅　/082
第十五章　真理与正义
　之神佛尔塞提　/086
第十六章　命运女神　/089
第十七章　火与恶之神
　洛基　/094
第十八章　神之使者与
　守望者　/102

第十九章　女武神瓦
尔基里　/106
第二十章　冥世神话
及死神赫尔　/109
第二十一章　巨人族　/112
第二十二章　神之劫难　/115
第二十三章　希格尔德
传说　/124
参考书目　/148

例言

一，北欧神话虽没有希腊神话那样古老灿烂，却也是欧洲文学的源泉一脉，至少斯堪的纳维亚文学就和这特殊的神话有血脉的渊源。

二、从北欧人种原为亚洲中部移往这一说，我们将不以北欧神话有些地方很和中国神话的片段相像为可异了。例如以日月食为天狼吞食之故，以大地为由巨人伊密尔身体所创造等说，都是出奇地和中国的片段神话相似。

三，北欧神话因在尚未被诗人保存下来以前就受到了基督教信仰的摧残，所以在大体上远不如希腊神话之深宏广大，然而北欧神话的特殊的结构却又表示了严肃的北方人的性质。

四、因为早被基督教信仰调和修正了，所以北欧神话不能正确地反映出原始的北欧人的信仰、习惯和意识形态。这一点，或者就是北欧神话不受考古学者所十分注意的原因，但在文学上，北欧神话还是重要的材料。

五、本编的目的即为供给文学上的关于北欧的一些古典。因此本编的方法是记述北欧神话的许多故事，而非解释北欧神话。

六、关于各专有名词的译音，作者自惭不精于国音。只能就自己的方音来译，不妥之处，一定很多。为补救起见，译音下都附了英文原名。其再见者则不复附注。

七、为应读者进一步研究的方便起见，编末附一简单的参考用书表。诸书皆为英文本，且属普通易得之版本。[①]

1929 年 12 月作者记

① 为体现作品的原貌，编者在编校过程中，保留了原作品的语言特点，因本书成书于 20 世纪 30 年代左右，书中的人名、地名已经不通用，编者根据现代汉语修订，规范了人名、地名等。如“奥定”统一成“奥丁”，“脑威”统一成“挪威”。后同。

第一章　绪言

所谓北欧神话，是指古代的斯堪的纳维亚人（Scandinavian）或所谓北欧人（Norsemen）的原始信仰及自然观察，其英雄传说也包括在内。关于此部分神话的最早且最重要的传述者和增饰者（我们不应忘记，传到今天的神话都是经过无名诗人的增饰的），学者间有两种意见：一种意见出于挪威的古诗人，因为保存了大部分神话材料的《大埃达》（Elder Edda）或称《韵文埃达》（Poetical Edda）中所述之风俗、法律、方物，均似属于较南方的挪威；另一种意见出于冰岛的古代吟唱诗人，则因为大家公认，直到十四世纪，冰岛的吟唱诗人对北欧文

学的发展还是极重要的促进者，而且相传编辑《大埃达》的萨蒙德（Saemund，1056—1133 年）也是从冰岛收集材料的。

折中的意见是不问《大埃达》的来历为何（这部古籍也和别的古籍一样，身世很不分明，见下文详述），不过古代冰岛的诗人们对他们祖先的原始信仰及自然观察的“诗的表现”——我们所谓“神话”的作品，曾有过大规模的修订和增饰，则是不容怀疑的。最早的北欧文学确实是属于冰岛的。十一世纪，北欧人被英国人所压迫，从欧陆逃到冰岛的时候，就把他们的神话和诗歌天才一同带了过去；所以如果说冰岛的古诗人对古代神话的保留曾有过很大的功劳，应当是可信的。

前面说过，《大埃达》的编辑者萨蒙德已经是十一世纪末十二世纪初的人了，然而公布这部《大埃达》的勃利尼奥夫·斯维因松主教（Bishop Bryniof Sveinsson）则是十七世纪的人（他得到《大埃达》的抄本是在 1642 年）。所以北欧神话之见知于世，实在是很晚的事，比起南欧的同僚——希腊神话，要迟了两千年左右的光景。

不仅见世时间迟，而且《大埃达》的假定编辑者萨蒙德及其公布者勃利尼奥夫·斯维因松主教又都是基督徒，所以今天流传的北欧神话已经不能完全算是古代斯堪的纳维亚人的原始信仰之代表。基督教的信仰在古代北欧异教神的血液中潜流。这在多处可以得见，而且也是学者们所公认的。据一般的推测，当开化较晚的北欧人尚未把他们古代原始信仰的故事发展成系统的神话体系的时候，基督教的信仰即已侵入，阻碍了北欧神话的扩大化、精湛化和组织化。因而北欧神话可以说是中途夭折的未完成品。

然而即使如此，现存的北欧神话的躯壳，却已是耸然与斯堪的纳维亚的群山同样粗朴而巨伟，北欧的神都是庄严、正真、博大的，而且这神话也已有了一些整体结构。如果我们说南方的希腊神话是“抒情诗的”，那么，这北欧神话便可说是“悲剧的”。不错，是悲剧的。北欧的神是永远在与危害世界的恶势力——恶神和邪恶的巨人族相斗争的；神们逐渐取得了胜利，但到了后来——可说是到了悲剧的顶点，那早有预言的不可避免的命运，“神之劫难”到来了，于是在对立双方一场恶战之后，神们几乎都灭亡了，恶神和邪恶的巨人族也灭亡了。这是悲剧的意味，悲剧的结构，这和散漫的希腊神话迥不相同。这和希腊神话里的神们总是和希腊人一起在地上行走，在林中泉畔嬉戏、恋爱、妒杀，也迥然不同。这就是北欧神话在基调上与希腊神话相异的地方。

如上所述，《大埃达》是保存了北欧神话的重要古籍。光明神巴尔德（Balder）命运的故事、史基尔尼尔（Skirnir）旅行的故事、托尔（Thor）雷锤的故事，都在《大埃达》中。而尤为重要者，是关于尼伯龙根故事的十二首诗，著名的日耳曼诗歌《尼伯龙根之歌》（Nibelungenlied）即脱胎于此。

在《大埃达》之外，还有《小埃达》（Younger Edda），因是散文所著，亦称《散文埃达》（Prose Edda），它也是身世不明的古籍，据说是斯诺里·斯图鲁松（Snorri Sturluson）所传，内容是神话故事、诗品、文法和修辞法。按现在多数学者的意见，认为是斯诺里所写的，当属诗品一章及讨论文法与修辞法的章节，至于神话故事大概是根据前人的著作编订的。然而十四、十五世纪的北欧诗人常引“埃达诗法”云云，而未尝言及斯诺里之名，则又令人怀疑斯诺里撰著编订之说，尽皆无稽了。斯诺里所传之本，后又经奥拉夫松（Magnus Olafsson，1574—1636）增订，较原本流行。

《大埃达》最古老的抄本，乃十三世纪之物，而其材料之收集，当不晚于1150年；北欧神话最重要的部分都在《大埃达》中，然而《大埃达》也并不能正确地代表古代斯堪的纳维亚人的原始信仰。“埃达”（Edda）之定名，据说是在1643年。这个词的意义，说者意见各不相同，一说解释为“曾祖母”之意；一说是日耳曼古语“地母”（Erda）一词之讹；还有一说认为北欧诗首句称为“埃达”。近来学者则都认为“埃达”意为“心”或“诗”，大概这个解释比较接近真实，因为《大埃达》的来源，确实是冰岛吟唱诗人的诗歌。和别的民族的古代行吟诗人一样，古代冰岛的吟唱诗人们亦是掇拾了古代的传说而编为诗歌，关于战争的传说更是他们最心爱的题材。这种歌曲，名叫“德拉帕斯”（Drapas）。萨蒙德所采以编成《大埃达》的，可以相信就是这些行吟诗人的创作。

此外，帮助填补了北欧神话材料的，是古代金石器上雕刻的铭文。这都是用北欧最早的文字，即所谓“卢恩文字”（Rune）写的。“Rune”意为“神秘”。现今所存早期的刻有卢恩文字的文物极少：一为金号角上的铭刻，这两个金号角大概是公元 400 年至 450 年间的产物，分别于 1634 和 1736 年在石勒苏益格的加利胡斯（Gallehus）出土；一为挪威的图尼（Tune）地方的石刻。此等铭刻，虽甚简短，但均有神话上的价值。至于年代较后的卢恩文遗物，则所存尚多：在瑞典、丹麦和曼恩岛（Isle of Man）都曾发现大量的雕刻着卢恩文的墓碑、匙、椅、桨等。此种铭文，或为颂神之词，或为恋爱之句，皆为神话片段。

《埃达》因出于基督徒的采辑传述，故其中颇多既非北欧民族也非日耳曼民族的成分。而有着纯正北欧民族风格的，是北欧的史诗——“萨迦”（Saga）。本书最后一节介绍了其中最重要的、被称为“希格尔德传说”的故事，此篇大约成于十二世纪，是著名的北欧民族传说，大概也是当时流行的民间故事。

第二章　天地创造之神话

虽然有几位学者认为北欧人原是从亚洲中部的伊朗平原移居过去的，但是据今天流传下来的北欧神话来看，这些北欧人显然没有从他们的老家带了什么去，他们的神话是在他们的新家（如果他们确实是从伊朗平原迁移来的）创造而成的。新家的气候和地形，在他们的神话故事上刻下了明显痕迹。

这些北欧的原始人，在他们最初谛视着自然现象而索解的时候，就已经觉察到两种截然相反、然而又同样吸引他们注意的现象：一方面是巨伟粗朴的冰川、惨淡的阳光、北极光的耀亮、常在发怒似的大海、雪堆似的巨浪打击着高耸的崖石和冰山；而另一方面呢，是那个短促的夏季的蓝天和碧海，长在的光明和几乎可说是奇迹的植物的荣茂。寒冷和温暖的对比是如此强烈！无怪乎原始的冰岛人会设想这个宇宙是冰与火奇怪地混合在一起而创造成的了。

前面已经说过，北欧神话是庄严而富于悲剧性的。这也是辛苦地和自然斗争的北欧人想象出来的必然结果。他们在冰天雪地中渔猎时所受的危险，在长而寒冷的冬季所受的痛苦，当然会引导他们想象寒冰与霜雪是宇宙间的恶势力，而且以同样的理由，他们又会将热与光明视为善势力。并且，北欧人因生活关系而养成的严肃的头脑又自然而然地以为宇宙间的善与恶的势力是在不断地斗争着。这代表善势力的神们和代表恶势力的巨人们之间的斗争，这就成为北欧神话的主要“骨骼”。

在这种观念之下，古代的北欧人编成了他们的天地创造的故事：

他们以为最初，还没有、没有海、也没有空气，一切都是包孕在黑暗之中的时候，有名为“万物之主宰”奥尔劳格（Orlog）的力存在着。它是不可见的、不知从何而来的，然而存在着的。

他们以为在太始的时候，在广漠太空的中央，有大鸿沟“金伦加”（Ginnungagap），被永在的微光包围着。鸿沟北方是雾与黑暗之国“尼弗尔海姆”（Niflheim），此中有不竭之泉源“赫瓦格密尔”（Hvergelmir），仿佛是一口装满沸水的大锅，向十二道名为“埃利伐加尔”（Elivagar）的大川供给水源。当这十二道大川的水滔滔流来的时候，为沟中倾泻而出的冷气所激，立刻冻成了冰山，覆盖堆积在无底鸿沟的边缘，又滚落其中，发出雷鸣般的巨响。

鸿沟之南，正对着尼弗尔海姆的，是真火之国穆斯贝尔海姆（Muspells-heim），火焰巨人苏尔特尔（Surtr）镇守于此。这位巨人常以他的冒火星的大刀砍击那些滚落鸿沟的冰山，发出“嚓嚓”的巨响，那些冰山因受热融化了一半。融冰所冒出的水汽向上升腾，复为那四周的冷气所袭，凝而为寒霜，越积越多，终于填满了广漠太空的中央。这样，由于冷与热的不断交替，或竟由于那不可见亦不知其由来的“力”——所谓“万物主宰”——的意志，一个庞大无比的巨人，名为伊密尔（Ymir），或名奥尔格尔密尔（Orgelmir），从鸿沟周围的冰山中诞生了。因为他是从寒霜中产生的，故亦被称为霜巨人（Hrimthurs）。这实为冰冻的海洋之人格化。

和伊密尔同一来源且同一材料的，是一头名为奥德姆拉（Audhumla）的大母牛。它的乳房喷出四股极粗的乳汁，供给着伊密尔的食粮。母牛转而求食物于身边的冰山，以它的粗舌舔舐冰上的盐，久而久之，冰山渐消而一巨大头颅的头发露出来了，后来连头带身体都出来了；这就是祖神勃利（Buri，意为生产者）。此时伊密尔正在睡觉，从他腋下的汗水中生出了一子一女，从他的脚上生出了六个头的巨人瑟洛特格尔密尔（Thrudgelmir），而瑟洛特格尔密尔在出生之后不久就生下了巨人勃尔格尔密尔（Bergelmir），此为一切邪恶的霜巨人的始祖。

当这些巨人们觉察到他们旁边还有勃利神及其子勃尔（Borr，意为生产，是勃利神出生后立即生下来的），他们就和两位神战斗起来。神是代表善的，巨人是代表恶的，他们决不能和平地共处。战斗持续了很长时间，两边势均力敌；直到勃尔以女巨人贝丝特拉［Bestla，她是巨人波尔斯隆（Bolthron，恶之刺）的女儿］为妻，生了三个儿子：奥丁（Odin）、维利（Vili）、伟（Ve）——分别象征精神、意志和神圣，才分出胜负。奥丁等三人出生后立即加入父亲的阵营，终于将最厉害的霜巨人伊密尔杀死。伊密尔死的时候，从他的伤口里涌出大量的血，变成一股洪流，将他自己的一族全部淹死，只剩下勃尔格尔密尔和他的妻子乘舟逃走。他们逃到了世界的边境，定居下来，将此地命名为尤腾海姆（Jotunheim，巨人之国），又生了一大群霜巨人，时时想闯到神们所统驭的世界中作恶。

战胜了巨人的神们，于是成了世界的主宰（他们在北欧神话中被称为亚萨神族，意即世界之柱石与支持者），有时间来做点建设的工作了。他们要在这荒凉的太空中创造一个可居住的世界。

他们将伊密尔的巨大尸体推进无底洞，将他的肉塑成了大地，北欧人将其称为米德加德（Midgard，中央的国），置于无底洞的正中心，四周围以伊密尔的眉毛，算是大地与无垠太空之间的界墙。伊密尔的血和汗则成为海洋，环绕在他的肉体所成的硬土的四周。他的骨头成为山，牙齿成为岸石，头发成为树木百草。这样布置好了，神们又取伊密尔的颅骨很巧妙地悬于地和海之上，是为天空；取伊密尔的脑子改造为云。可是这青石板似的天穹必得有物托住了，方免得坠下来。所以神们又将四个健壮的矮人命名为 Nordri（诺德里，北）、Sudri（苏德里，南）、Austri（奥斯特里，东）、Westri（威斯特里，西），使之立于地之四隅，以肩承天。这样的世界，还得要光明，所以神们又从火之国穆斯贝尔海姆取了火来，布满在天穹上，那就是星。最大的火块留作创造太阳和月亮，用金车子载着。神们找了两匹马，阿尔瓦卡（Arvakr，早醒者）和阿尔斯维（Alsvin，快步者），拖那个盛着太阳的金车。但又恐怕太阳的热力伤了那两匹马，所以特在马的肩下加了盛着气的大皮囊；他们又造了巨盾斯瓦林（Svalin，冷者）置于车前，免得太阳的热力烧坏了车子，也因此让地面不至于被太阳所灼焦。装月亮的车子由一匹名为亚斯维德尔（Alsvider，永远快的）的马驾着，可是马没有防御物及盾，因为月亮的光热是温和的。

但是驾此太阳和月亮的车，须得两位驭者；神们看中了巨人蒙迪尔法利（Mundilfari）的一对美丽的孩子：男的名为玛尼（Mani，月亮），女的名为苏尔（sol，太阳）；苏尔是格劳尔（Glaur）的妻子，格劳尔一说是火焰巨人苏尔特尔的一个儿子。神们把这两个孩子弄到天上，让玛尼驾了月车，苏尔驾了日车。

于是神们又命令巨人诺尔维（Norvi，时间）的女儿诺特（Nott，夜）驾一辆黑车，由一匹黑马赫利姆法克西（Hrimfaxi，霜马）拖着，马的鬃毛上有露和霜落下。诺特是夜之女神，她曾经结婚三次，和第一位丈夫生一子奥德（Aud），和第二位丈夫生一女乔迪（Jord，地），后来又和第三位丈夫生了德尔林（Delling，黎明）又生了一个非常耀眼的英俊的儿子，取名为达格（Dag，昼）。神们又为达格备一车，驾以一匹极白的马斯基法克西（Skin-faxi，光马），它的鬃毛间射出极亮的光线，照射四方，给予世界带来光明和喜悦。

但是因为北欧人总是以为邪恶时常跟在善良之后，想要破坏善良，所以他们又说可怕的天狼斯考尔（Skoll，嫌忌）和哈蒂（Hati，憎恨）时常在追逐太阳和月亮，想把它们吞下去，使世界复归于黑暗。有时候，天狼们几乎追上了太阳和月亮，而且咬着了，那就是日蚀和月蚀。那时，地上的人们须得吹号打鼓，惊走那天狼。但天狼还是永远不舍地追着，总有一天，天狼会把日月吞下去，这就是“神之劫难”了。

神们不仅指派了日、月、昼、夜四位神在天空中驾车巡行，而且还指派了暮、午夜、晨、上午、正午、下午的神以分担他们的工作。在此之外，还派定了夏之神和冬之神：夏神是斯瓦苏德（Svasud，温和慈爱，夏日之人格化）的儿子，也和他父亲一样可亲；而冬神的父亲是文德苏尔（Vindsual，冷酷，寒冬之人格化），和夏神是死对头。此外，北欧人又设想在天之极北隅，有巨人赫拉斯瓦尔格尔（Hraesvelgr，吞噬尸首者），身披鹰羽之衣，当他举臂或说举翼的时候，冷风就从地面上横扫而过。

当神们忙着创造天地、装饰天地的时候，有一大群像蛆一样的东西从伊密尔的肉里生出来了。这些小家伙引起了神们的注意，于是神们给它们以形状和超人的智慧，并将它们分为两种：那些黑皮肤、谲诈狡猾的，神们将其逐之于地下的斯瓦塔尔法海姆（Svartalfaheim，侏儒之国），不许他们白天到地面上来，如果违反了这禁令，就要化成石头。这些家伙被称为矮人（Dwarf）、侏儒（Gnome）、魔怪（Troll）或小鬼（Kobold），他们的任务是搜集地下秘藏的宝物。找到之后，他们把金银宝石等都藏在隐秘的地方，不让人们随便找到。而另外一种则是长得白皙、性格也温和的，神们称之为妖精（Fairy）或精灵（Elf），送他们到空中的亚尔夫海姆（Altheim，精灵之国）居住，他们可以随意飞来飞去、照料花草、和鸟雀蝴蝶游戏、在月夜的草地上跳舞。

将一切都布置好了，神们之领袖奥丁就带领神们定居于远离大地的一块平原上，这平原在不冻的大河伊芳（Ifing）之彼岸，名为伊达瓦尔德（Idawald），神们所居之地名为阿斯加德（Asgard）。辅佐奥丁的有十二位男神（Aesir）和二十四位女神（Asynjur），他们开了一次盛大的会议，奥丁发布命令，谓在神域内不许有流血之事。这会议的另一结果是神们建造了一个巨大的冶炼炉，铸成了各种武器和建筑神宫所必需的工具。神们这样和平快乐地生活了许多年，是为神们的黄金时代。

虽然神们创造了大地，准备作为人类的家，然而地上实际上还没有人类。某一日，奥丁、维利和伟三位神[1]从神宫出去，在海滩上走，找到了两片木板，或说是两棵树，一棵是梣树（Ask），另一棵是榆树（Embla），便拿来削成了人的形状。神们看着自己的作品，很是得意，就决定要利用这手工制品。于是奥丁给予其灵魂，维利赋予了动作和感觉，伟给予其血，这样就有了能思索、能说话、能工作而且有爱欲、有希望、有生有死的人类，住在地上当地上之主。这新造成的两个人是男女一对，他们生下子女，繁衍不息。

此后奥丁又创造了一棵巨大的白杨树，名为伊格德拉修（Yggdrasil），是为宇宙之树、时间之树、生命之树，布满整个世界。它不但着根于辽远的、翻腾着不竭之泉赫瓦格密尔的尼弗尔海姆，还着根于近海之地，着根于乌尔达泉（Urdarbrunnr）旁的神之家宅。立在这三支大根上，这棵树长得极高，其最高枝名为莱拉德（Lerad，和平之给予者），罩在奥丁的宫殿上，而其他的高枝则罩在尼弗尔海姆、穆斯贝尔海姆以及人类的大地上。莱拉德的枝头栖着一只鹰，一只名为维德佛尔尼尔（Vedfolnir）的苍鹰又蹲在鹰的两眼之间，炯炯的目光注视着天上地下甚至远至尼弗尔海姆中发生的各种事情，然后将其报告给奥丁。

伊格德拉修的白杨树叶是常青的，所以也是供给神们以羊乳的神羊海德伦（Heidrun）的食料，还有叫达因（Dain）、特瓦林（Dvalin）、杜涅尔（Duneyr）、杜拉索尔（Durathor）的神

---

① 或说是奥丁、海尼尔（Honir）和洛多尔（Lodur，即洛基 Loki）。作者注。

鹿们也在吃这树叶，这些鹿的角上会滴下蜜露来，世界上的一切河水都来源于此。

在伊格德拉修的左侧，不竭之泉赫瓦格密尔旁，有一条可怕的毒龙尼德霍格（Nidhogg）在不停地啃噬生命之树的根，又有无数的蛇来帮助龙做这破坏的工作。龙和蛇都想弄死生命之树，它们知道生命之树一死，神们的末日也就到了。挑拨是非的松鼠拉塔托斯克（Ratatosk）则在树的枝干间不停地跳跃着，把树顶的苍鹰所见所报告的事情讲给毒龙听，并常常挑拨龙和鹰之间的仇恨。而命运女神诺恩（Norn）们，姐妹三个，一直在照料着生命之树，她们从乌尔达泉汲水来灌溉此树。

高临于大地之上，横跨尼弗尔海姆两边的，是火、水及空气组成的神圣之桥——比弗罗斯特（Bifrost，虹桥或彩虹桥），神们由此桥下到地上，或到生命之树根旁的乌尔达泉，他们每天都要在这圣泉旁召开会议。神们中唯有雷神托尔不从这虹桥上走，免得他沉重的脚步和雷火弄坏了桥。守护虹桥的神是海姆达尔（Heimdall），他在此守护，日夜不离，其武器是一把快刀和一只银角。每当神们经过这桥的时候，他就吹他的银角作软调，但如果这角吹出高亢激越的声音时，那就是在报警，是霜巨人联合着火焰巨人苏尔特尔，来毁灭这世界的时候了。

北欧人又另有海与风之神们，伐纳神族（vanas），住在伐纳海姆（Vanaheim）。早先，奥丁尚未建造他们的阿斯加德神宫时，亚萨神族和伐纳神族之间曾有过战争，他们各用山石和冰山作为武器。后来两方讲和了，于是伐纳神族中的涅尔德（Njord）带着他的两个孩子弗雷（Frey）和芙蕾雅（Freya）住到天上的阿斯加德，算是和平的保证，而亚萨神族中的海尼尔，奥丁的亲兄弟，则住到了伐纳海姆。

第三章　众神之王奥丁

奥丁（Odin），亦称沃坦（Woutan）或沃登（Woden），是北欧神话中的最高神，象征了宇宙间无所不在的精神，是空气的人格化，是智慧与胜利之神、贵族与英雄的保护者，因为神们都出于他，故他又被称为“众神之父”，也是阿斯加德之主。他的宝座名为希利德斯凯拉夫（Hlidskialf），实非寻常之椅子，而为巨伟的瞭望塔一样。从这上面，奥丁可以一眼看见天上人间的众神、巨人、侏儒、精灵以及人类的一举一动。这宝座，只有奥丁及其妻弗丽嘉（Frigga）可以使用。当他们坐在这宝座上的时候，总是面对着南方和西方。这两个方向是北欧人的希望之

所寄。

通常把奥丁说成是五十岁左右，身材高大，元气充溢，有黑色卷发、灰色的大胡子而顶发微秃的一位神。他穿的是灰色的衣服，戴青色大风帽，外面又披以青底而有灰色斑纹的大氅：这是苍穹和灰云的北方天空的象征。他的手里时常拿着他那无敌的长矛冈格尼尔（Gungnir）；这矛是神圣的，对矛尖所发的誓，永不能反悔。他的手指或手臂上，又戴着名为德罗普尼尔（Draupnir）的指环或钏，这是“富庶”的象征，其宝贵无比的。奥丁也常到人世间来，如果是有战事，他就戴上他的鹰盔；如果是和平地访察人间的事情，他就穿上人类的服装，戴一顶灰色阔边帽（为的是不使人看见他只有一只眼睛）。

当他坐在宝座上的时候，他的肩头停着两只大鸦，胡基（Hugin，思想）和穆宁（Munin，记忆）。这两只大鸦是奥丁的秘密侦探，每天到人间去刺探新闻，回来报告。在他的脚边蹲着两条狼或猎犬，名为格利（Geri）和弗利基（Freki），因为是奥丁的爱兽，所以谁遇见了，谁就有好运。

奥丁在阿斯加德有三处宫殿，其中有一处位于格拉希尔（Glarsir）树林之中，名为瓦尔哈拉（Valhalla，英灵殿），有五百四十扇大门，广可容八百位战士，正门上方有一个野猪头和一只鹰；这鹰的锐目能看见全世界的各方。宫殿的四壁是由擦得极亮的矛排成，所以光明炫耀；宫殿的顶是用金盾铺成的；宫内座椅上皆饰以精美的铠甲，这是奥丁给他的客人的礼物。凡是战死的勇士所谓恩赫里亚（Einheriar），为奥丁所器重者，皆得入此宫为上客。

以勇敢为无上之美德，以战死为无上之光荣的北欧人，因而亦视奥丁为胜利及战争之神。北欧人认为每逢人间有战争的时候，奥丁就派遣他的侍女瓦尔基里（Valkyrie）到战场上去，从战死的勇士中挑选出一半，背在她们的快马上，从虹桥比弗罗斯特进入瓦尔哈拉宫殿，先由奥丁的两个儿子在宫中欢迎，然后被带到奥丁的御座前接受嘉奖。如果战死者中有神们平日中意的人，那么奥丁必亲自起身欢迎。在瓦尔哈拉宫中，又有盛筵飨待那些被接引上天的战死者，美貌白臂膊的瓦尔基里此时亦卸去战袍，换起纯白的长衣，殷勤地为勇士们劝觞。这些女侍者，据说是九个，以大杯盛美味的神羊乳，大盘盛野猪肉，请勇士们放量饮啖。这野猪肉也是宫殿中的珍品，乃是神之野猪沙赫利姆尼尔（Sahrimnir）的肉，每天由神宫的厨子安德赫利姆尼尔（Andhrimnir）割下来在大锅里烧好，却从来没有不够的时候，虽然奥丁的客人都是好食量的北欧勇士。这野猪也是神奇的，刚割了它的肉，它立刻又生满一身肥肉。勇士们酒足饭饱之后，常在宫外的旷野上战斗，直到再闻传饭的角声，才携手回去。在那里，美丽的瓦尔基里又在侍候，将大斗里的神羊乳倾在各个勇士的心爱的杯子里，这杯子是用他们仇敌的头盖骨做成的。就是这样天天饮宴比武，勇士们在瓦尔哈拉宫中享福。这种生活，是北欧武士所能想象的最美满的生活，所以奥丁也是他们最尊敬的一位神。

奥丁出战的时候，通常是骑着他的八腿的灰色天马史莱普尼尔（Sleipnir），盾是白色的，他的武器除了无敌之矛，还有神弓，一发能同时射出十箭，每箭射中一个敌人。他又常以著名的狂暴战体（Berserkerrage，铁布衫术）授给他所宠爱的人，成为狂战士的人能空手出入枪剑之林而不受伤。

因为奥丁是全知全能的至高神，是代表了一切的，所以他的别名最多，有两百个左右，每一个名字代表他的一种身份。被视为“风神”时的他，名为沃登。

北欧人以为暴风雨是奥丁骑着马在世界上驰过，收拾死者的灵魂。这也是北欧人恐惧暴风雨的表现，所以人在暴风雨中遭到了不幸，别人便说是冲犯了奥丁带着灵魂所走的路的缘故。但又谓如果能虔诚地跟着风暴走，往往能得到奥丁从半空中赐予的一条马腿，若能谨慎地保持着，到第二天便变成一块黄金。北欧人称暴风雨为奥丁的行猎，以秋冬风猛的季节为奥丁的狩猎季。农人们常留一些成熟的麦子在田里，预备给奥丁经过时喂马。

奥丁又是一切知识之神，这是因为他喝过密弥尔（Mimir）守护的“智慧之泉”的泉水。在这泉的深处，未来之事也映出得很分明。奥丁找到了密弥尔，要求一勺之水。可是这位守泉的老巨人知道泉水的价值，一定要奥丁的一只眼睛为代价，奥丁就挖出自己的一只眼睛给了他，因此奥丁只剩一只眼睛。密弥尔将所得的眼睛沉在泉水深处。为了要留将来的纪念，奥丁乃折取那罩在智慧之泉上的生命树伊格德拉修的一根树枝，做成了他的无敌之矛。从此奥丁的智慧就无可匹敌了，但他从此也忧愁起来（他的面容永远是忧郁的），因为他知道了未来之事，知道了神们将来不可逃避的劫运。

因为奥丁是一切知识之神，所以北欧古字母，即卢恩（Rune）文字，也被说成是他的发明。在发明卢恩文字的时候，奥丁曾自悬于生命树的巨枝上，凝视着深不见底的尼弗尔海姆，用心深思，并以矛自刺，有九日九夜之久。在发明了这神秘的文字之后，奥丁就将之刻在他的矛上，又刻在他的马的牙齿上，熊的爪上，以及无数生物与非生物上。因为他曾受过九日九夜悬吊身体的痛苦，所以吊罪在古代北欧是重罪。

北欧人以奥丁为天空的人格化，因此他的妻自然就是大地；但是大地有三个阶段，所以北欧人又说奥丁有好几个妻子。他的第一位妻子是乔迪（Jord），象征了原始的大地。乔迪为奥丁生下一个非常威武的儿子，就是雷神托尔。奥丁的第二个妻子，就是正妻弗丽嘉，她象征开化后的大地，她生的儿子是光明神巴尔德和赫尔莫德（Hermod）[①]。奥丁的第三个妻子是琳达（Rinda），

① 一说战神提尔（Tyr）也是她的儿子。作者注。

象征着不毛的冻土，她最初不肯接受奥丁的拥抱，后来才终于做了他的妻子，生子伐利（Vali），是万物复春之象征。

有些古代诗歌里又说奥丁曾以历史女神莎加（Saga）[①]或拉迦（Laga）为妻，奥丁每天都会到河水下的水晶宫索克瓦贝克（Sokvabek）去看她，饮那冰冷的河水，听她唱讲述古代历史的歌。此外，奥丁的情人还有格莉德（Grid）、古恩露德（Gunlod）、斯卡蒂（Skadi）以及共同生出守望之神海姆达尔的九位女巨人。在北欧神话中，奥丁这些非正式的妻子都占有相当重要的地位。

以上所述的，是神话中的奥丁，也可说是北欧人心目中的最古老的奥丁。然而在稍后期的诗歌中，便有半神话的历史的奥丁。古代神话奥丁的许多奇迹和冒险也被加在这位半历史奥丁的身上，可是他的来历却不同了。他被说成是小亚细亚一个名为“阿萨”（Aesir）[②]的部落的酋长，因受罗马人所迫，于公元前70年前后离开了小亚细亚的老家，迁居欧洲。这个奥丁，据说曾征服了俄罗斯、丹麦、挪威、瑞典等地，于每处留一子为君。这个半历史的奥丁后来自觉死期将至，乃集其群臣，以矛自刺其腹九下，说自己将归于老家“阿斯加德”，于是就死了。

据另一记载，则谓瑞典国王吉尔菲（Gyfli）[③]慕阿萨族之勇

---

① 或称莎加是弗丽嘉的一个别名。作者注。

② 之前提过，这也是北欧神话中男性神明的总称。作者注。

③ 记载中曾说他与奥丁平分国土，极为友善。作者注。

名，要亲自访之，以验虚实。他到了奥丁的宫殿，受到欢迎，并与守门者甘格莱尔（Gangler）论及北欧神话之解释。这些都见于《小埃达》所载。又据另一极古老的诗歌，谓奥丁有六个儿子，分别是丹麦、瑞典、挪威、东西撒克逊等六地之国君。另一诗则谓奥丁与弗丽嘉生了七个儿子，这些儿子即为盎格鲁撒克逊（Anglo-Saxon）王族之祖先。

总之，凡诸历史的奥丁，可信都是从神话中的奥丁蜕变而来。神话为历史化，在各民族皆不能免，北欧神话当然也不例外。

第四章　众神之后弗丽嘉

弗丽嘉（Frigga），或称弗丽格（Frigg），一谓是夜之女神诺特之女，即象征原始的地而为奥丁之小妻的乔迪的姐姐。但据别说，则谓她是奥丁与乔迪所生之女，同时又为奥丁之妻，这便说明了北欧人早先也有过父女结婚的习俗。奥丁和弗丽嘉的婚姻，是阿斯加德的神们所共庆的，以后每年举行结婚纪念仪式，有大宴会。在这个意义上，弗丽嘉在北欧神话中是掌管婚姻的神。

但在一般的意义上，弗丽嘉是大气或云雾之人格化，她的衣服或为白色或为灰黑。她是神们之后，享有坐在奥丁宝座上的特权，因此她也有周知宇宙万事之力量。她又是一切未卜先知的预言者，知道一切未来之事。这是因为北欧人把女性看成藏有秘密的神秘者。

弗丽嘉被说成是一位美貌颀长的贵妇人，头戴苍鹭之羽[①]，穿雪白衣服，腰间系一根金带。金带上挂着一串钥匙。这又是北欧家庭主妇的神气。所以她也是家庭主妇们所奉祀的女神。

弗丽嘉有自己的宫殿，名为芬撒里尔（Fensalir），意为雾之宫或海之宫。她在这宫内转她的轮机，织出金线或明色的云的长网。她的织轮是用宝石装饰的，夜间大放光明，北欧人称之为“弗丽嘉的织轮”，即我们所谓的猎户星座。

在弗丽嘉的芬撒里尔宫内，她邀请世上的忠实夫妻的灵魂前去，犹如奥丁招待那些战死的勇士。忠实的夫妇因此虽死而不分离，在芬撒里尔宫内享受快乐。所以弗丽嘉是婚姻及母爱之神，特为已婚者所敬奉。

但是弗丽嘉又很喜欢首饰，她对金珠宝石的贪心是无可餍足的。有一次，她偷了奥丁金像上的一块金子，而且又设法使金像破碎，不能自供偷者是谁[②]，这很是触怒了奥丁，结果是奥丁负气离开了阿斯加德，到地上世间漫游。这期间，他的兄弟维利和伟篡了他的位，又夺了弗丽嘉为妻。维利和伟与奥丁面目一般的，弗丽嘉也不知自己已经失身。可是他们没有奥丁的威力，不

① 此为沉默与遗忘的象征。作者注。

② 奥丁为了查究偷者的名字，曾以卢恩文字写在金像口上，使其能自言。作者注。

能降福于世界，任凭霜巨人蹂躏人间，用冰雪封锁大地，毁坏一切生物。

幸而七个月以后，奥丁回来了，两位篡位者也偷偷逃走。于是霜巨人不敢再作恶，世界又恢复了生气。这是北欧人解释寒冬为何会来的一个说法。

弗丽嘉有许多侍女，她们多半代表了她复杂神性的某一方面。最得她宠爱的一个侍女名叫芙拉（Fulla）[①]，负责掌管弗丽嘉的首饰箱，侍候她梳妆。她常常献策给弗丽嘉去帮助那些祷求神佑的人类。芙拉是很美丽的，她的金色长发极多且长，是五谷熟穗的象征。所以芙拉又常被视为大地丰穰之神。

赫琳（Hlin）是弗丽嘉的第二侍女，是安慰的女神，常常被派遣到世间去安慰受难的人。她常常用心听取人类的祷告，献议给弗丽嘉帮助那些有求的穷苦人儿。

盖娜（Gna）是弗丽嘉的速行的使者，她骑在她的马霍瓦尔普尼尔（Hofvarpnir，迅驰者）上，能够飞快地渡海过山，在空中，在火中，没有一处地方不能去。她是清风的人格化。盖娜把路上所见的一切告诉弗丽嘉。有一次，她看见奥丁的本家利里尔（Rerir）王在海边哭泣，因为他没有儿子。盖娜把这事告诉弗丽嘉，弗丽嘉就取一个苹果（这是结实的象征），使盖娜赐给了利里尔王。后来利里尔王果得一子，就是北欧传说中有名的民族英

① 一说芙拉原是弗丽嘉的姐妹。作者注。

雄伏尔松格（Volsung）。

除上述三人以外，弗丽嘉还有三个随车的侍女。洛芬（Lofn）是一个温柔庄重的少女，她的职务是除去一对情侣前途中所有的阻碍。芙约芬（Vjofn）的职务是使冷硬的心接受爱情，真理是维持人类同的和睦，并使反目的夫妇再和好。珊恩（Syn）通常守护着弗丽嘉的宫门，不准人随便进去。凡是被她拒之门外的人，无论如何请求，必无效果。她是真理的人格化。

弗丽嘉另有一个在宫里的侍女，名为格芙琼（Gefjon，给予者），专门负责接引那些未及嫁娶而死的男女到宫中享受快乐。但据别一说，则谓格芙琼自己却不是处女，曾为一个巨人生下四个儿子。有一次，奥丁派她去见瑞典国王吉尔菲，请求分给一些土地。吉尔菲就对格芙琼说她一天之内能耕多少土地就给多少。于是格芙琼将她的四个巨人种儿子变成四头牛，架起犁来，将地面耕了一条极深的沟。格芙琼耕了一天，划出一大块土地来，曳入海内，成为一个岛。后来她又嫁给了奥丁的一个儿子，成为丹麦王室的始祖。

弗丽嘉还有别的侍女。埃尔（Eir，仁慈）是最有本领的医生，她搜集了地上的各种药草，内外科都能医治。她又把医术教授给人间的女儿，因为在古代北欧，医术是女子的业务。法拉（Vara）专司听受信誓，谴罚不守信者而赐福给守信者。瓦尔（Vor）是真理之人格化，司察看全世界的一切行为。而斯诺特拉（Snotra，智慧）则为德行女神，是一切智识的主宰者。

在南日耳曼，没有弗丽嘉这位女神，却另有和弗丽嘉很相像的女神霍尔达（Holda）。这位女神也是云气之人格化，正和弗丽嘉一样。下雪说是霍尔达在清理她的卧床，下雨则说是她在洗衣，把白云说成是她的布。长条的灰色云朵散布于天空的时候，人们说是她在纺织。根据那些传说，则谓织麻之法亦传自霍尔达。从这几点上，可以相信霍尔达就是弗丽嘉在南日耳曼的变形了。

据中世纪的传说，则云雾之人格化的霍尔达，又是一个住在山洞中的女神，叫维纳丝夫人（Frau Venus），相当于希腊神话中的那个恋爱女神。她常常引诱少年骑士到她的洞里，用种种肉感的快乐使他们流连忘返。又一说则谓霍尔达拥有一眼有魔力的泉水，这泉水名为“速生”，和有名的饮之即返老还童的青春之泉相仿。她还有一辆车，她常坐此车到各处视察。

撒克逊民族所信奉的女神伊丝特（Eastre，或 Ostara），春之女神，也和弗丽嘉有些相像。这位女神甚受古代的日耳曼人敬奉，所以，当基督教盛行以后，这位女神并没被降为魔鬼，反而为纪念她，人们还把基督教的一个节日取了这位女神的名字——就是英文中的复活节（Easter）。在此节日，人们以彩蛋互赠，因为蛋代表了生命之始，而伊丝特是春之女神，象征着严冬后的生命之复苏。

在日耳曼的别处，弗丽嘉又以贝尔莎（Bertha）之名为又一化身。贝尔莎也是纺织之神、园艺之神，又为照料殇婴灵魂之神。或又有名为戈德（Gode）或沃德（Wode）的女神，从名字就能看出来是奥丁（Odin）或沃登（Wodan）的阴性（女性）形式。在荷兰，人们把弗丽嘉称为维萝尔德（Vrouelde）。这些女神，从她们象征的意义来看，其实都是弗丽嘉的化身。

第五章　雷神托尔

在寒冷的北欧，雷是农民的恩人。雷来了，冻冰消迹了，冻土也怀春了，农事始有希望。所以，雷神是北欧的农民和贫民的恩神。

雷神托尔（Thor），亦称多纳尔（Donar，日耳曼人这么称呼他），是奥丁与乔迪所生之子，但据别说，则谓他的母亲是弗丽嘉——众神之后，奥丁的正妻。托尔从一出生就是魁梧有力的，能抛举十大包的熊皮。虽然天生是好性格，但有时发起脾气来，却如烈火一般可怕。因此他的母亲自量不能教养这孩子，就将他托付给维格尼尔（Vingnir，有翼者）和赫萝拉（Hlora，热）——电光的人格化。在过继父母那里长大之后，托尔才被迎入阿斯加德，成为十二位大神之一。他有自己的宫殿，名为毕尔斯基尔尼尔（Bilskirnir，闪电），是阿斯加德最大的宫殿，共有五百四十个大厅，为了要接纳那些贫困一生而死的人的灵魂到此享福。奴隶的灵魂也得入此宫，和他们的主人（那是被接待的奥丁的瓦尔哈拉宫内的恩赫里亚们）平等地被欢迎。托尔是农民、贫民及奴隶们的恩主。

托尔是唯一不走虹桥的神，因为恐怕他沉重的脚步（那是常常带着火星的）会烧毁这座美丽轻巧的桥。他要参加神们在乌尔达泉旁的会议时，他经过了两条河过去。他是身材高大硕壮的伟丈夫，猬毛似的红头发和红胡子，当他发怒的时候，头发和须髯间便爆出一大群一大群的火星。他常戴一个多角的头盔，每个角的顶端有一颗闪光的星，因此他的头就常像一团火焰似的。火是属于他的元素。

托尔的武器是一把神奇的锤。他对他的仇敌和霜巨人掷出这锤子的时候，无论有多远，又无论是怎样厉害的敌人，这锤子一定会命中并且击死对方。而且无论掷出多远，锤总会自己回到托尔手里。这锤就是雷火的象征，名为米约尔尼尔（Mjollnir，粉碎者），常是炽热，不便把握，所以托尔得戴上一双铁的长手套雅恩格利佩尔（Iarngreiper）。他又有一条神奇的腰带梅金吉奥德（Megingiord），束紧这腰带，能使力量倍增。北欧人将托尔的雷锤看得极神圣，以手作锤形，谓可祓除不祥，邀引福佑，等

于基督徒画十字。婴儿初生时，大人亦在他身上作锤形；造宅、嫁娶、战死者的葬礼，都以作锤形为必要的仪节。

在瑞典的民间故事中，说托尔也像奥丁一样，喜欢戴阔边的帽子，因而称大雷雨前的黑云被称为“托尔的帽子”，雷声则被视为托尔战车的轮声。因为在北欧神们中，只有托尔是不骑马的，他总是徒步或驾车。他的车是黄铜制的，由两只山羊，名为坦格乔斯特（Tanngnjostr）和坦格里斯尼尔（Tanngrisnir）驾之，羊的齿与蹄也常发火星。驾了这黄铜战车奔驰于天空的托尔，又被称为“驱车者托尔”。

托尔曾两次结婚。他第一次娶了女巨人雅恩莎撒（Jarnsaxa，铁石），生两子，一名玛格尼（Magni，力），一名摩迪（modi，勇）后来在“神之劫难”到来时，托尔战死，但其二子都幸免于难，后来在新生的宇宙中继承了父亲的职务。托尔的第二个妻子是美丽的女神希芙（sif），他们生下一子一女，男的名为摩迪（Modi，勇），女的名为斯露德（Thrud，力量），以大力闻名。斯露德曾为一黑侏儒所爱，某夜，阿尔维斯去找托尔，要向他的女儿求婚。托尔说要考验侏儒的智慧，问以种种问题，直到夜尽天晓，第一线阳光射来，阿尔维斯来不及回到地底，在阳光下化作石头[①]。

希芙，美丽的金发女神，是五谷熟透的金黄穗子的人格化。

① 侏儒是被禁止见太阳光的，见到就会化为石头。作者注。

她的金发既多又长，披散下来罩满她的全身。托尔极爱他妻子的这头美发，所以当一天早晨发现希芙变成光头，失去了其美丽的头发时，托尔怒不可遏。他料到偷头发的一定是火与恶之神洛基（Loki），便找到了洛基（虽然洛基变化多次，但终于被捉住），搜出希芙被偷的头发，并且责令洛基设法使头发复生在希芙的头上。洛基无可奈何，乃到地下去请求那些精于工艺的侏儒帮助。他找到了一个名叫德瓦林（Dvalin）的黑侏儒，织成最美丽的金丝，只要一按上希芙的头，就能生根，和希芙的真头发一般。德瓦林又为洛基另造两件礼物，献给奥丁和弗雷：一是无敌之矛冈格尼尔[①]，一是神船斯基德布拉德尼尔（Skidbladnir），能行于空中和水中，并且无往而不得顺风；更神奇的是，此船大则可容下全体神祇连同他们的马，又小则可放在口袋里。它是云的象征。

洛基高兴极了，称赞德瓦林是最灵巧的工艺家。这句话被另一个叫勃洛克（Brock）的侏儒听见了，就要洛基打赌，说他的哥哥辛德里（Sindri）能铸造更神奇的东西。于是各以自己的头作赌注，立下约定。辛德里拿许多金子放在熔炉中，嘱咐勃洛克扇着风箱不可有一刻间断，就出去作魔法了。洛基变成一只大牛虻，刺勃洛克扇风箱的手，打算破坏侏儒们的工作。但是勃洛克忍痛不顾。结果是辛德里铸成了一只硕大的野猪，名为古林布尔斯提（Gullinbursti，金鬃），浑身都是金毛，能在空中

① 在这里，传承下来的神话有互相矛盾之处。因为据别一说，此矛为奥丁取生命树之枝造成，见第三章。作者注。

飞驰。于是辛德里又拿了许多金子放入熔炉，照前一般向勃洛克嘱咐了之后，又出去觅魔法了。洛基仍变成牛虻，这次是去刺那侏儒的颊。勃洛克还是忍痛扇着风箱。等到辛德里回来的时候，从炉中取出的是魔法指环德罗普尼尔，聚金指环是生产的象征，每过九天能产生八枚同样的指环。现在只剩最后一物了。辛德里这次放入熔炉的是铁。勃洛克扇着风箱，辛德里出去作魔法了。洛基眼看自己要失败，仍变为牛虻，却去猛叮勃洛克的眼睛，直到勃洛克血流满面，眼不能见，他不得不举手去驱走这牛虻。可是只就一刹那的停手，就坏了事了：当辛德里回来开熔炉看的时候，惊叫起来，他取出一把锤来，却短少了锤柄。

虽然如此，两个侏儒还是和洛基同到阿斯加德，各带自己的宝物。洛基将矛献给奥丁，船献给弗雷，金假发给托尔。假发一装上希芙的头，立刻生根在那里，比原来的头发还要美丽。侏儒勃洛克则将金鬃野猪献给弗雷，指环献给奥丁，锤米约尔尼尔的则献给托尔。神们评判，胜利属于侏儒勃洛克，因为那神奇的锤米约尔尼尔能使托尔在与霜巨人斗争时，一直获得胜利。

洛基见自己输了，立刻就逃，但却被托尔捉了来，交给勃洛克，然而托尔却对这位胜利的侏儒说："虽然头是你的，可是不能伤了他的脖子。"因此，两个侏儒不能割洛基的头，只得缝了洛基的嘴唇，免得他再说坏话。但是不久之后，洛基设法割断了嘴唇上的铁线，又能挑拨是非了。

虽然托尔出行必有雷雨，可是北欧人并不认为他是破坏之神：他驱走了寒冰和霜巨人，是使大地恢复生机、生产丰饶谷物以恩惠万民的神。但是居住在尤腾海姆的霜巨人们，常常将冷气刮到人类的世界，使植物凋零，地面阴惨。于是托尔决定去尤腾海姆会会那些巨人，给他们一个教训，使他们永远不敢作恶。他是和洛基同去的。将去尤腾海姆的时候，他们投宿在一个农民的家里，农民很有礼貌地款待这两位神，可是他太穷了，要给这两位食量不寻常的神预备晚饭，实在有点为难。于是托尔就杀了他驾车的两只山羊，烧好了肉，让大家同吃。但托尔警告他们，不要折断羊骨，而且要把所有羊骨投在两张羊皮里。但农民的儿子提亚尔菲（Thialfi）受了洛基之愚，偷偷地将一根羊腿骨折断，而且吮去了中间的骨髓，以为不会被查出来。第二天，托尔用雷锤击打包着骨头的羊皮，两只山羊便又活泼泼地跳起来了，只是其中一只羊的腿稍微有些跛。托尔立刻知道是什么原因，很是生气。他本可杀尽农民一家，但最后还是宽恕了他们。作为补偿，农民就让一子一女做托尔的侍从。因此提亚尔菲就成了托尔的亲随。

托尔他们徒步走进了巨人之国尤腾海姆的地界。天晚时在们在路旁一间大房子里过夜，第二天才知道这所谓的大房子原来是一只巨人用的手套，他们住的厢房就是手套的大拇指。这巨人自称斯克利密尔（Skrymir），愿意引导托尔等到巨人之王那里去。

那天晚上他们又在路边过夜，巨人拿他的干粮口袋给托尔他们，可是口袋上的结竟不是神所能解开的。巨人雷一样的鼾声使他们都不能安睡，托尔怒极，便取出雷锤来打巨人的头，连击三次，可是不但不能伤害他，反而使他的鼾声更响了。

第二天，巨人指点了到霜巨人的国度乌特加德（Utgard）的路，就和托尔等分别。托尔他们进了城堡，见了主人乌特加德罗基（Utgardloki，巨人之王后），因为被嘲笑矮小，就提出比赛本领。洛基说他饿了，愿意先比赛吃。乌特加德罗基就命人拿来两长盘的肉，让洛基和他的对手——堡内的厨子罗吉（Logi）各吃一盘。洛基吃得很快，立刻就吃到盘的中央；可是他的对手早已连肉带骨头甚至带盘子都吞下去了。于是托尔说自己渴了，愿借堡内最大的酒角来喝水。乌特加德罗基命人拿来一个大酒角，满满地盛着水。虽然托尔连喝三口，而且用尽全力地在喝，几乎要把肚子都涨破，然而斗内的水还是满满的。提亚尔菲建议赛跑。他的对手是一个叫修基（Hugi）的小孩子，虽然提亚尔菲跑得实在很快，可他还是失败了。托尔又提出比试气力，乌特加德罗基让他举起一只灰猫，尽管托尔将他的腰带收紧——这使他能有加倍的力量——但也只能把猫的一只脚抬离地面。最后托尔和乌特加德罗基的老乳母爱莉（Elli）角力，结果竟不能撼动这老太婆分毫，反而被对方压得单膝跪地。

这样在堡内过了一天，乌特加德罗基送神们出境，然后叮嘱他们不要来了，因为他已经不得不用魔法来自卫了。他说路上遇到的巨人斯克利密尔就是他自己，手套和干粮袋是他用的魔法，而如果那天晚上他不是移了大山来挡住自己的头，那么托尔的雷锤早就把他打死了。他又说，和洛基比赛吃肉的厨子罗吉是烧尽一切的“野火”；托尔喝水的角直接连通大海，托尔的豪饮使海从此起了波浪；和提亚尔菲赛跑的修基是“思维”，世上不能再有一物比“思维”更快了；那猫也不是猫，而是环绕大地的米德加德巨蛇（Midgard Snake，即尤蒙刚德 Jormunsand），托尔几乎把它拖出海来；至于和他角力的老乳母爱莉则是“年老”，衰老是不可抗拒的。

神们就这样被戏弄了。托尔气极了，拿出雷锤想击毁那城堡，可是巨人和城堡却全都不见了，眼前只是一片浓雾。托尔他们只好返回，想要征服巨人之国尤腾海姆的雄图，也只好作罢。

但是托尔和霜巨人斗争而胜利的事情，却更多了。他和巨人赫朗格尼尔（Hrungnir）的决斗，就是很有名的。

巨人赫朗格尼尔有一匹好马古尔法克西（Gullfaxi，黄金之马）。有一天，奥丁骑着他的八足天马史莱普尼尔在空中驰过，正好遇见了赫朗格尼尔。赫朗格尼尔是一个夸大的巨人，要和奥丁赛马。他一心要赢，竟没注意他们是在向阿斯加德跑去，直到瓦尔哈拉的门外，赫朗格尼尔才知道已经进了敌人的大本营。他并没赢，可是神们依然请他进来，款待以酒食，当他是一个好客人。赫朗格尼尔喝醉了，就大言日后要来毁灭阿斯加德，杀尽众神，只留美丽的希芙和芙蕾雅做老婆。神们知道他是浑人，都不理会，可是这话恰被托尔听见了，他立刻大怒，拔出锤来要杀死赫朗格尼尔。在自己家里伤害客人，是北欧人绝对不许的，所以神们全都来劝阻。于是托尔要求跟赫朗格尼尔决斗。赫朗格尼尔答应三天后，在他自己家的门外。

赫朗格尼尔回去和别的巨人商量，心里很觉不安。因为他和托尔约好，可以有一个助手对抗托尔的随从提亚尔菲，于是赫朗格尼尔和他的同伴就用泥土造了一个巨人，有九英里[①]高，作为提亚尔菲的对手。可是没有那么大的人心可用，所以就在泥巨人的胸腔内放入一颗母马的心。

决斗期到了，赫朗格尼尔和他的泥巨人等候托尔来。但先提亚尔菲先到了，赫朗格尼尔想先杀死这随从，然后再和托尔打。他防着提亚尔菲从下盘来攻，就站在自己的盾上，不料托尔也到了，举锤当头打来。赫朗格尼尔用他火石制的大棒猛格一下，火石棒是碎了，赫朗格尼尔自己也被打死。只是碎火石纷飞，有一块碎片嵌到了托尔的前额。现在世界各处都可以找到燧石，那就是赫朗格尼尔的大棒的碎片。

托尔前额上的燧石碎片，后来虽经著名的女巫医格萝雅（Groa）用了卢恩文字的神咒来治疗，也还是不能完全取出来。而当赫朗格尼尔受伤扑倒在地时，他的一条巨腿压到托尔身上了，神们都不能把它移开。后来是托尔的儿子玛格尼（据说此时

---

① 1 英里约等于 1609.3 米。

才不过三岁，或说刚生下来三天），前来挪开大腿，救出了父亲。那个硕大的泥巨人，也被提亚尔菲所杀。

另一个有名的故事是说托尔的雷锤被窃。这也表现了北欧神话的基本色彩——善势力与恶势力之斗争，而最后的胜利还是属于前者。不过这一篇故事充满了北欧神话所特有的诙谐意味，很是有趣。故事是这样的：

托尔丢失了他宝贝的雷锤。这在阿斯加德是一件非常重大的事情，如果霜巨人们知道了，一定要来攻打阿斯加德危险。找回雷锤的任务，就交给了洛基。他向芙蕾雅借来鹰之羽衣，变化成鹰，果然在伊文河畔找到了偷锤的人：原来是破坏的暴风雨神，霜巨人中著名的首领索列姆（Thrym）。洛基用尽花言巧语，想探听出这位巨人的藏锤之处，可是没有效果。索列姆只在一个条件下才肯交还雷锤，那就是要娶美神芙蕾雅为妻。他曾见过芙蕾雅一面，对她垂涎已久。

洛基回去和托尔商量，他们两个都觉得索列姆的条件太让人为难。但锤非拿回来不可，于是两位神姑且去游说芙蕾雅，请她为了神们全体的利益牺牲一下。芙蕾雅坚决不肯，洛基和托尔没有办法。这时海姆达尔想了一个计策——那也是不得已之计，请芙蕾雅将衣服和项链借给托尔假扮成芙蕾雅去哄骗索列姆。虽然雷神和美神的相貌差得很远，但如果托尔稍微变形一下，再罩上很厚的面纱，大概是可以瞒过一时的。洛基也换了女装，算是假的假芙蕾雅的侍女。

索列姆准备了许多酒食，邀请了大批宾客，欢迎他的新妇。在宴席上，假新妇托尔吃了一头牛、八条大鲑鱼，以及为所有的女客们准备的饼和糖果。索列姆看得呆了。洛基低声解释说是因为新妇急着要来，已经有八天不曾吃饭了。索列姆想和新妇亲嘴，可是假新妇眼里冒火，使他不敢上前。洛基又解释说，这是新妇陷于恋爱狂热的表现。索列姆的姐姐向假新妇索取照例的礼物，假新妇简直不睬。洛基又轻声对诧异的索列姆说，新妇是恋爱得昏头昏脑了。

这样被洛基用甜言蜜语灌醉，索列姆便吩咐拿出那把锤来，放在假新妇手里，算是“定情”的信物。假新妇托尔立刻抓着，只几下，就把索列姆、他的家宅、他的客人，全部轰成灰烬。两位神得胜而归。

托尔的又一次冒险却是因为上了洛基的当。洛基借了芙蕾雅的鹰之羽衣，化身为鹰，飞到尤腾海姆去找冒险的事。他停在巨人盖尔罗德（Geirrod）的房子上，被盖尔罗德捉住了。看见鹰的眼睛炯炯有光，盖尔罗德断定这鹰一定是什么神假装的，便把鹰关在笼子里，整整三个月不给饮食。洛基饿极了，只好现出原形，又答应把空手的托尔骗到盖尔罗德家里，方得脱身。

洛基回去见了托尔，就编了一套谎话，说盖尔罗德如何好客，怂恿托尔和他同去做一次友谊的拜访。托尔信以为真，竟把他的三件宝物——锤、铁手套和魔法腰带都留在家里，和洛基一同去了。半途中他们遇见女巨人格莉德（Grid——她是奥丁许多情妇中的一位），格莉德知道洛基有诡计，就把自己的腰带、棍子和铁手套借给了托尔。

盖尔罗德早有准备。他先令他的两个女儿格嘉普（Gialp）和格蕾普（Greip）钻到托尔的椅子底下，想把托尔弄死，但两个不中用的女巨人反倒被托尔压死了。盖尔罗德于是请托尔进里屋，那里有预先烧红的一块大橛形铁，盖尔罗德拿了对托尔掷过去。可是托尔眼明手快，早已把格莉德借给他的铁手套戴在手上，接过了烧红的铁，回手掷向盖尔罗德，烧红的铁穿透那巨人的身体，又把房子给打通了。盖尔罗德的尸身化为石头，直立在那里，像一座石碑，永远纪念着托尔的神力。

托尔是北欧最古老且最受敬爱的神，他的庙祀遍布各地。每年他的大祭必烧一大段橡树——夏的温暖和光明的象征，且以驱逐冬的寒冷和阴暗。红色是托尔赏爱的颜色，也被视为爱情的象征，所以北欧古代的新妇必穿红衣，而结婚戒指上亦必镶以红宝石。

和奥丁的神像一样，托尔的神像也以木制。传说当奥拉夫（Olaf II Haraldsson，995—1030 年）在斯堪的纳维亚推行基督教的时候，大批的托尔神像都被他强迫烧了。但在某处有一个镏金的托尔神像，该处民众无论一定不肯毁掉，谓此像有灵，因为每夜供食物于像前，翌晨便消失不见。

当公元 1030 年，奥拉夫命令该地民众改奉基督教而必须毁掉那托尔神殿及神像的时候，民众就要求奥拉夫翌晨给他们一个有云的天，以证明基督教之能力。奥拉夫虔诚地祷告了一夜，第二天果然阴云。但民众又要求在次日给他们一个晴天。奥拉夫又祷告了一夜，可是翌晨早晨还是阴云满天。于是奥拉夫召集民众在神殿前听他训话，一面却嘱咐他的侍从当看见民众的注意力离开神像时，就用斧头将像劈碎。他望见天空微露阳光，就举手大喊道："看我们的上帝呀！"——民众都向空中看了，奥拉夫的侍从趁这机会，就用奥拉夫的战斧把托尔的神像劈倒。那像早已朽腐，应手而碎，一大群老鼠从像里逃了出来。于是神像会吃东西的原因就水落石出了。

第六章　勇敢及战争之神提尔

提尔（Tyr），或称吉乌（Ziu），是奥丁的儿子。他的母亲，或说是神们之后弗丽嘉，或说是波涛汹涌之海的人格化的无名女巨人。提尔也是阿斯加德的十二正神之一，但并没有他自己的宫殿，而是常住瓦尔哈拉。

好战的北欧民族当然以代表勇敢与战争的提尔为至尊的神，仅次于奥丁。北欧的勇士时常在打仗之前向提尔祈祷，和像对奥丁祈祷一样。提尔的武器是刀，刀在北欧武士眼中是神圣的，他们发誓常以“刀尖”的名义。有所谓“刀之舞”，勇士们举刀向天，成刀尖之山，而另一人超越过之。又或以刀尖密接成轮形或玫瑰形，使他们中的首领（最勇敢者）站立于上，共抬之游行。

提尔的刀，据说也是铸造奥丁的矛的那个侏儒德瓦林所铸。谁能得到这把刀，就能征服全世界——每战必胜，可是他自己的性命亦必终于此刀。据古代的传说，此刀藏于奉祀提尔的神殿中，忽然一天不见了，后来经过许多时候，出现在一个罗马人维提里乌斯（Aulus Vitenius，15—69 年）手里，因而他就毫不费力地被举为罗马皇帝。可是他不善用此刀，终于又为一日耳曼兵士所得，即以此刀割了维提里乌斯的头。日耳曼兵士恃此刀所向无敌，老年埋刀于地下。于是又经过许多年，匈族（Huns）的战士阿提拉（Attila）无意中得之，遂成为无敌将军。据《萨迦》所述，阿提拉最后亦厌战，在匈牙利住下，想和美貌的勃艮第公主伊尔迪克（Ildico）成亲。但因伊尔迪克的家族是被阿提拉所灭，所以结婚之夜，伊尔迪克乘阿提拉酒醉，就又拿那刀割了阿提拉的头。

提尔是战争之神，所以那些瓦尔基里也受提尔的使唤。据说就是提尔带领着瓦尔基里在战场上挑选死者带回瓦尔哈拉宫中，准备在将来“神之劫难”时为神们作战。

提尔被说成是独手的。关于这独手的解释，又各有不同。或谓因为刀只有一面锋刃，独手象征的意义亦即如是；或谓这是表示战争的胜利只能属于一方，不能两边都胜，而提尔既为战争之神，所以应该是独手，意即只能袒助一方。但是下列这个故事却是说明提尔为何只有一只手的最古老的传说。

洛基私自在尤腾海姆娶女巨人安格尔波达（Angur–boda，悲伤使者）为妻，生下三个妖魔孩子：一是芬里尔（Fenris）狼，一是世界之蛇尤蒙刚德（Jormungand），一是死亡女神赫尔（Hel）。洛基秘藏着这三个孩子，不让神们知道。可是这三个孩子长得非常快，无论如何都隐藏不住。奥丁在宝座上也看见了，知道这三个孽种的厉害，立刻就到了尤腾海姆，一手提起赫尔，将她打入尼弗尔海姆的深处，令她在那里为冥世的主宰、死之国王。奥丁又把尤蒙刚德扔到海中，这妖精在海里不断长大，直到盘绕了大地，能自啮其尾。只有巨狼芬里尔被带到天上，因为奥丁想将它驯养，或许能有点用处。神们看见芬里尔，都惊恐失色。只有提尔是无所畏惧的，他喂这狼食物。

但是芬里尔迅速长大，而且野性也一天比一天重，神们不得不设法将它捆起来，以免后患，因为在阿斯加德流血是不被允许的。神们造了一条极坚固的铁链，于是开玩笑似的对芬里尔说想试试它的力量有多大，要把芬里尔捆缚起来。芬里尔允许了，神们就把它缚得紧紧的。但是芬里尔用力一挣扎，这铁链就断得粉碎。神们假意称赞芬里尔的巨力，一面又赶快制造第二条更坚固的铁链，名为德洛米（Dromi，枷锁）。于是又一次请芬里尔就缚，结果这第二条铁链也不能抵挡芬里尔的力量。

神们乃派遣史基尔尼尔到地下去找侏儒们造一条链子。侏儒们就用猫的脚步声、山的根、女人的头发、熊的侦伺、鱼的话音、鸟的口涎，这些古怪的东西，造成一条比丝线还细的绳子，

名为格莱普尼尔（Gleipnir）。可是比什么都结实，而且越拉越结实。

既然得到这根宝绳，神们把芬里尔带到兰格维（Lyngvi）岛岛上，又请芬里尔试试力气。虽然这时候芬里尔长得更加强壮了，可却有点不放心这根细线。它提出一个条件，须得有一位神的手放在它的嘴里，它方能让神们捆起来。没有一位神愿意冒这个险。而永远不怕的提尔挺身而出，把自己的右手放在芬里尔口中作为抵押。结果，芬里尔被捆住了，提尔却成为独手。又因芬里尔叫得太响，神们便用一把刀撑住了它的上下颚，芬里尔的血流成一条河，名叫瓦恩（Von）。这样，芬里尔永远不能脱身，直到“神之劫难”到来，它才挣脱束缚，到阿斯加德报仇。

第七章　诗歌与音乐之神博拉吉

奥丁是一切智慧之神，所以诗歌和音乐之神，也可说是奥丁。可是这无非因为奥丁是全知全能的正神，所以任何头衔都可以加到他的身上去。正式的诗歌和音乐之神则是博拉吉（Bragi），奥丁的儿子。

但是北欧人并不认为博拉吉创造了诗歌，他们认为诗歌也和别的“自然力”一样潜在于宇宙之间，博拉吉不过是这种“力”的拥有者或人格化而已。因此北欧神话中有着讲述诗歌来源的故事，由这个故事，便产生了诗歌之神博拉吉。

据说当亚萨神族和伐纳神族互相争战而后来讲和的时候[①]，两方的神都照规矩吐些唾沫在一个器皿内，算是坚誓的意思。这混合的唾沫后来被神们造成一个小东西，叫克瓦希尔（Kvasir），以智慧著名，常在人间帮助和指导人类。法亚拉和戈拉，两个侏儒，嫉妒克瓦希尔的聪明，乘他睡熟时把他杀了，却用他的血调和了蜜，制成一种仙醪，谁尝到了一点儿，就能成为受人爱戴的大诗人。侏儒们虽制成了这宝贝，自己却不享用，照例藏在地下秘密之处。

后来这两个侏儒又杀死了巨人吉尔林（Gilling）夫妇，而被吉尔林的弟弟苏图恩（Suttung）所捕，乃献出那仙醪来赎命。苏图恩知道这东西的好处，交给他的女儿古恩露德收藏，古恩露德把仙醪藏在空山中，自己坐守。但是这件事被奥丁知道了，他用了种种手段，变成蛇钻进了空山的腹中，再复原为威仪堂堂的神，去向古恩露德求爱。美丽的古恩露德被甜言蜜语打动了，和奥丁在一起过了三个日夜之后，就拿出那藏着仙醪的三个器皿，让奥丁在每个器皿内各尝一口。奥丁得此良机，每一口就把一个器皿里的仙醪统统吞进肚中，然后钻出山腹，变为大鹰，直向阿斯加德飞去。巨人苏图恩知道了，也变成鹰来追，结果没有追上。奥丁将所吞的仙醪尽数吐出来，同样盛在三个器皿当中。但因为仙醪在肚里塞得太满，呕时散落了几滴到地上，所以人间也

---

① 这在第二章末略有提及。作者注。

有诗人。奥丁自己并不用仙酒，他是留给博拉吉的。博拉吉的母亲就是古恩露德。

当博拉吉出世之后，侏儒们送他一张黄金的竖琴，并将他载在他们的一条船上，送他到外面的世界去。船缓缓地顺着地下泉水行驶出黑暗的地下谷，到了死亡之国的边界，一向一动不动的博拉吉忽然坐起来，拿起身边的黄金竖琴，开始唱美妙的生命之歌。这歌声上达云霄，直传进神们的国度，下入地底，直到死亡女神赫尔之所居。博拉吉一面唱着，船到了有阳光的地方，而且碰到岸了。博拉吉于是登岸，弹着琴，走过那些枯凋荒凉的树林，树木立刻发芽开花，万物一片生机。

在这树林之中，博拉吉遇到了伊敦（Idun）——美丽的青春女神。当她来到地面上的时候，自然界就呈现出了最可爱的面容。这样的一对在林中遇见，自然就互相恋爱了；他们一同到了阿斯加德，受到神们的欢迎。奥丁在仔细地看过博拉吉舌头上的纹路（据说那纹路是卢恩文字）之后，就说博拉吉将成为天上的诗人，歌唱神们和瓦尔哈拉宫殿中勇士们的战功。

视为诗歌及音乐之神的博拉吉的这个名字，也被北欧人用作“诗”的称呼，在每年的祭典上，也有对博拉吉的隆重的祝仪。那时，主祭者在船形的杯中喝过了礼酒（先须手作锤形），然后自述他在这一年中想要完成的事业。次为在座之人也一一照样自述，即使是过于有野心的愿望亦所不禁。这差不多就是“赋诗言志”的神气。

在如雕刻和绘画的艺术品当中，博拉吉常被表现为一个老年人，长的白发与须，手持黄金的竖琴。

第八章　春之女神伊敦

伊敦（Idun），春或青春不老之人格化，或说她是侏儒伊瓦尔德（Ivald）的女儿，或说她本来就是无生也无死的。在北欧神话中，伊敦是春之女神。她拥有青春之苹果，吃了这苹果的人，能常葆青春的美丽、新鲜活泼，已老者亦能返老还童。阿斯加德的神们，因为都并非纯血统[①]，不能免于衰老和死亡。而自从伊敦来到阿斯加德

---

① 连奥丁自己也是如此，因为他的母亲是霜巨人。作者注。

后，与神们分享她的苹果，神们就能永远青春不老了。

这些青春苹果，伊敦放在一个篮子里，随便要多少，取之不尽。这样的一个宝贝，当然时时有侏儒和巨人想要偷盗，所以伊敦很小心地保管着。

有一天，奥丁、海尼尔和洛基照例到地上来散步。走了许多时候，到了一个无人迹的荒凉之地，三位神饿极了，看见有一群牛，就杀了一头来烧，但火难旺，牛肉不熟。他们就知道是有人在施魔法。树上有一只大鹰，这时就对他们说，魔法是它施的，只要分些熟牛肉给它，它便可解除这魔法。三位神答应了，于是牛肉烂熟，鹰要取走四分之三。洛基此时正拿了大块肉在那里吃，觉得鹰的要求太多，就和它争论，竟忘记这是一只会魔法的鹰。

于是报复就来了。洛基的手连在牛肉上不能脱，而肉又连到了鹰的背上。鹰冲霄高飞，把洛基带上空中去了。结果，洛基只能答应一个苛刻而丢脸的条件，然后才重获自由。原来这鹰是暴风巨人提亚西（Thiassi）之变形，他对洛基提出的条件就是要他骗取伊敦和她的青春苹果。

回到阿斯加德之后，洛基知道博拉吉又出外“吟游”了，只有伊敦一人在家，就去谎骗伊敦说他看见某处有些苹果简直和伊敦的青春之苹果一模一样。伊敦不信，带了自己的苹果去做比较，可是刚出阿斯加德，化为大鹰的提亚西就把伊敦抓起，直带到北方寒冷不毛的暴风喧嚣之国，索列姆海姆（Thrymheim)。

伊敦虽身在拘囚中，可还是没有将青春之苹果给提亚西。她天天盼望有人来救她，可是渺无音信。阿斯加德的神们以为伊敦和丈夫一同外出，都没注意。直到上次吃的青春之苹果的效力渐渐消退，神们又感到了衰老的威胁，这才想起伊敦已经很久不见了。奥丁知道是洛基捣鬼，所有的神都揪住洛基盘问。除了再发誓把伊敦找回来，洛基也不能保住性命。他披上鹰之羽衣直飞到索列姆海姆，恰好提亚西外出捕鱼去了，洛基乃将伊敦变成一个果核（或说一只燕子），抓在爪里，就飞回阿斯加德。提亚西变成鹰去追，然而神们却焚起火来，将他烧死。

这样，伊敦和她那青春之苹果就失而复得了。这段故事所比喻的意义是很明了的：伊敦，春天与荣茂之象征，当青春之鸟（博拉吉的象征）不在的时候，就被秋天（暴风巨人）以武力劫夺了去，也只有和南风（洛基的象征）同时她才能回来。那青春之苹果就象征了发育繁茂的春之元气。

可是在每一年中，春都必得失去一次，这现象，在现存的北欧神话中却没有完备的说明。据一些残缺的诗歌，则谓伊敦是在生命之树的树枝上坐着，一时晕眩，掉到了尼弗尔海姆的深处，不能上来。奥丁命博拉吉、海姆达尔以及其他神，带了白狼的皮，帮助伊敦从寒冷的尼弗尔海姆深处上来，可是伊敦不肯动。她让神们把白狼皮裹在她身上，但还是不动。博拉吉猜想伊敦是得了病，就请别的神回去，他愿意独自在寒冷的地底陪着他的爱妻。在这期间，博拉吉无心弹琴，地上也不复能听见他那快乐的歌声。

这个故事是没有结尾的，它所比喻的意思很分明，当春离大地，鸟的歌声自然亦也不复闻。但春天总是要回来，这故事的结尾却遗失了。

第九章　夏与冬之神

关于夏和冬的神祇，在北欧神话中有矛盾的两说：在天地创造之神话中，谓奥丁以斯瓦苏德（Svasud）的儿子为夏之神，以文德苏尔（Vindsual）的儿子为冬之神，但对他们没有详细的说明[①]。可是古代北欧的诗人又别有关于夏和冬的神话，而主宰夏和冬的神亦别有其人。

夏之神，就是为质于阿斯加德的伐纳神族（海与风之神们）中的一员，涅尔德（Njord）。因为他又是风神及近海之神，所以

① 参看第二章。作者注。

涅尔德在海岸边有他自己的宫殿，名为诺欧通（Nôatôn，船城）；他在那里使凶险的波涛（这是荒海之神埃吉尔所激起来的）复归平静。涅尔德又是航海的商人和渔民的保护者，因为他是夏之神，而此两种事业也唯在夏季可行。

涅尔德被说成是一位极美貌的神，正当盛年，穿着短的绿衫，以贝壳和海草为冠，或戴棕色阔边帽，缀以鹰羽。据有些传说，涅尔德的第一个妻子是他姐姐妮尔苏丝（Nerthus）[①]；自从涅尔德到阿斯加德做人质后，就和她分离了。涅尔德是阿斯加德的正神之一，神们会议他也列席。此外的时间，他总是待在自己的宫殿内。他最喜欢的动物是鹅。

涅尔德的第二个妻子却是个女巨人，就是暴风巨人提亚西的女儿。

据说神们救了伊敦回来，神们又烧死了化为鹰的提亚西之后不久，阿斯加德忽然来了一位不速之客。那是一位女性，自称提亚西的女儿，特来要求公道。虽然是老而丑陋的暴风巨人的女儿，但这位女巨人斯卡蒂（Skadi）却十分美丽：银色的铠甲，发光的钢矛，尖头羽箭，短小轻便的白色猎衣，白色毛皮的裹腿，阔头的雪靴。对于这样一位美丽的女巨人，神们也只能给她公道了。他们请求与斯卡蒂和解，但是斯卡蒂不肯，一定要一命抵一命。她冰霜似的雪白面庞上，一点笑容都没有。洛基见事

① 她在日耳曼被等同于弗丽嘉，但在斯堪的纳维亚，为独立的神。作者注。

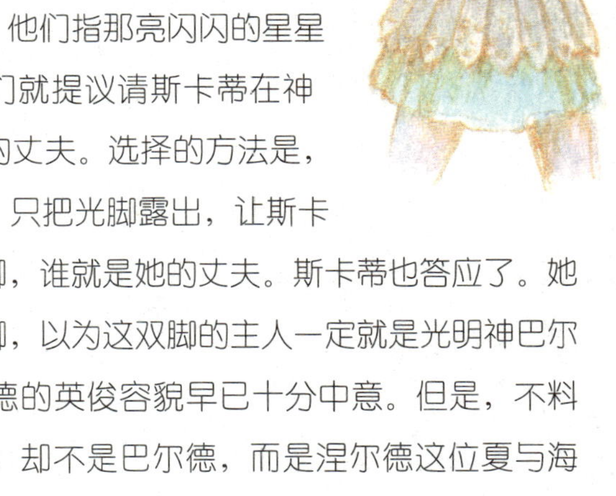

情僵了，想先得斯卡蒂的一笑。他弄进一只猫来，做出种种滑稽的动作，神们都大笑了，斯卡蒂也忍不住噗嗤地笑了一声。

趁这机会，神们就又力劝斯卡蒂和解。他们说，对于她已死的父亲，他们也颇尊重，所以特把他的一对眼睛放在北方的天空上成为一对星，他们指那亮闪闪的星星给斯卡蒂看。最后神们就提议请斯卡蒂在神中选择一名作为自己的丈夫。选择的方法是，众神都拿布蒙了头面，只把光脚露出，让斯卡蒂选脚，选中了谁的脚，谁就是她的丈夫。斯卡蒂也答应了。她选中了一双很好看的脚，以为这双脚的主人一定就是光明神巴尔德了，因为她对巴尔德的英俊容貌早已十分中意。但是，不料揭开蒙脸的布来看时，却不是巴尔德，而是涅尔德这位夏与海之神。

斯卡蒂微觉失望，但也欢欢喜喜地和涅尔德同到海边的诺欧通宫，预备过蜜月。在这里，斯卡蒂却不习惯了。波浪的声音、海鸥的鸣噪，时时打搅了她的清梦。她渴望回到她的老家索列姆海姆。

涅尔德很爱他美丽的妻子，于是同意和斯卡蒂到北方她的家乡去住九天（那就是九个月），但现在涅尔德却不习惯了。寒风吹过松林的凄声，冰澌雪崩，狼的嗥叫，也使得身为夏之神的涅尔德梦魂不宁。他渴盼着九天的期限过去，好再和斯卡蒂住在海边他的诺欧通宫。

这样，在每十二天中，三天住在诺欧通，九天住在索列姆海姆，这一对都感到痛苦。结果，二人都知道爱好不同的他们无法相合，就同意离异。斯卡蒂此后永远住在她的家乡，重过起了她那打猎的生活。据另一传说，她后来又成为奥丁（关历史的奥丁）的妻，生下一子，是为挪威王室的始祖。

这一段故事是说明夏与冬之循环的。斯卡蒂，冬季之人格化，冰霜的脸上没有一丝温和的笑容，但终于被象征南风和火的洛基引出笑脸，且接受了涅尔德——夏的拥抱。然而她的爱情却不能长于三个月——那是北欧的夏季。涅尔德和斯卡蒂同住在北方的九天，则是暗示一年中夏离人间的九个月。夏与冬的交替，就这样有了原始的说明。在这个意义上，斯卡蒂是冬之女神。她也是冬季旅行者的恩神：她指引那些挣扎于冰天雪地之中的雪橇，使之能安然到达目的地。同时她又是猎神，常被说成带了弓箭，身边跟着一头像狼一样大的狗。

北欧神话中又有一位冬之神，却是男神，并且一说和涅尔德离婚后的斯卡蒂又嫁给了这位男性的冬之神为妻。

这位男性的冬之神，唤作乌勒尔（Vllr），是女神希芙的儿子，托尔的继子。因为乌勒尔喜欢寒冷，所以常常穿着他的雪靴满山跑。这位神灵据说也是喜欢打猎的，每到冬季，他就不怕冰雪，在北方森林中狩猎，身上穿着极厚的皮大衣。被视为猎神的他，常带着一张大弓，满袋的好箭。因为制弓箭的好材料是紫杉木，所以紫杉是他的爱树，他的住处就在紫杉最多的伊达利尔（Ydalir），终年阴森的一个地方。

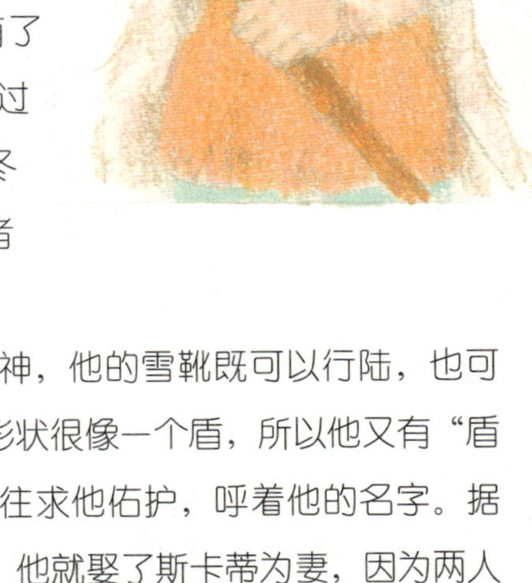

被视为冬之神的时候，乌勒尔的地位仅次于奥丁。据说当奥丁冬季不在阿斯加德的时候，乌勒尔就僭窃了奥丁的大位，且占有了奥丁之妻弗丽嘉，正如先前说过的维利和伟的故事一样。但当冬季过去，奥丁回来，这个僭窃者就被赶到了北方的不毛之地。

他又是有名的行动迅捷的神，他的雪靴既可以行陆，也可以行水。因为北方人的雪靴的形状很像一个盾，所以他又有“盾神”的绰号，人们在决斗时往往求他佑护，呼着他的名字。据说，在斯卡蒂和涅尔德离婚后，他就娶了斯卡蒂为妻，因为两人的嗜好相同，所以他们的生活过得很和睦。

他是冬之神，所以雪是受他的命令的。民众祈求他降雪以期来年有好收成，因而他亦得民间相当的敬仰。照耀北方夜间的极光，据说也是乌勒尔所降下的，因此他又被视为光明神巴尔德的亲戚，或谓他和巴尔德是患难之交，因为两人每年都要在死亡之国的地下躲避若干时候。但乌勒尔是在夏季往地下躲，而巴尔德则是在夏末的时候：那时昼间的光阴渐渐缩短，这位光之神就不得不躲到地下去了。

第十章 光明神与黑暗神

光明神巴尔德（Balder）和黑暗神霍德尔（Hodur）是奥丁和弗丽嘉所生的一对孪生子。这对兄弟在体格和性情上都是完全相反的：霍德尔，黑暗之人格化，总是阴沉、忧郁、寡言少语，而且眼睛是看不见的；巴尔德——光明之人格化，却英俊、天真、愉快，他的金发和白皙的脸像永远在放射光芒。万物热爱他，而他也热爱万物。

巴尔德发育得极快，早已受邀列席于十二位正神的会议。他住在布列达布利克（Breidablik）宫内，这宫殿以白银为顶，黄金为柱，清洁光明，毫无纤尘。他的妻子是尼普（Nip，蓓蕾）

的女儿南娜（Nanna，盛开之花），青春美丽而且娇柔的一位女神。但是不知从什么时候起，这位永远快活的巴尔德却悒悒不乐。他的蓝眼睛里的光彩消失了，脸色憔悴了，步伐也开始凝重。奥丁和弗丽嘉看到他们可爱的儿子变了形，就问他是什么原因。经询问之后，巴尔德才说自己近来睡梦不宁，常常有些异常的威胁的噩梦来打扰他平静的灵魂，虽然醒时不能全记起来，但却使他心中充满了无形的恐怖。奥丁和弗丽嘉也很感不安，弗丽嘉为了预防，就派她的侍女出去找宇宙万物，要它们立誓不伤害巴尔德。因为光明是万物共爱的，所以万物都立誓不伤害这位光明之神，只有瓦尔哈拉宫外一株橡树上长的小小的槲寄生（mistletoe）除外。但这草是这样的幺小柔弱，一定不可能对巴尔德造成什么损伤。

奥丁却另有一种打算。他驾上他的八足天马史莱普尼尔，经过虹桥，直向尼弗尔海姆的死亡之国去找长眠在那里的女预言者伐拉（Vala）问休咎①。当他经过冥王赫尔的宫殿外时，看见宫中正铺陈了盛筵，似乎等待着什么贵客。奥丁不管，径直走到伐拉的棺旁，用卢恩咒文唤起那位长眠的女预言者。

伐拉徐徐从棺中起来。奥丁假装一个普通人，问她冥王的盛筵是为了款待什么人。伐拉毫不犹豫地回答，是为了巴尔德，巴尔德将被他的孪生兄弟、盲人的霍德尔所杀。奥丁又问，谁将为

---

① 休咎：即吉与凶的意思。

巴尔德复仇呢？伐拉说琳达将为奥丁生一个叫伐利（Vali）的儿子，这孩子生下之后即不洗脸不栉发，直到报了巴尔德的仇。奥丁的第三个问题是：谁将不为巴尔德的死而悲伤。这一问却引起了伐拉的疑心。她猛然一看，知道眼前的生客就是奥丁，便再不回答，重睡到棺材里，无论如何也不起来了。直到“神之劫难”到来，女预言者伐拉方能从长眠中醒来。

奥丁回到阿斯加德，听到弗丽嘉告诉他，世间万物都已立誓不伤害巴尔德，方才略一宽心。神们都知道了弗丽嘉的计划已经成功，大家都很高兴，便在游戏场上消遣。他们平时喜欢的游戏是掷金饼，但现在厌烦了，就利用那万物都不伤害巴尔德的消息来做一种新游戏。大家把各式各样的武器——矛、刀、锤、箭，都向巴尔德掷去。因为万物都已立誓不伤害这位光明之神，所以这些武器到了巴尔德跟前就自动坠落或偏斜而去。神们哄笑着，围绕着巴尔德这个永不能打中的“靶子”掷矛射箭。

正坐在自己的宫殿里纺织的弗丽嘉也听见这笑声了。此时有一个老妇人走过，然而这老妇人却是洛基的化身。洛基——火之人格化，早已暗暗妒忌巴尔德这位光明神，因为巴尔德的光明掩过了洛基的火，而且巴尔德为从所爱，洛基却为从所憎畏。现在弗丽嘉询及为何会有这笑声，洛基就说神们的新游戏是怎样怎样出奇。弗丽嘉很满意地说，当然，因为万物都已立誓不伤害巴尔德，只有那瓦尔哈拉宫外树上的槲寄生除外。但这草太幺小柔弱，根本不能伤害她这光明的儿子。

洛基探得了这秘密，立刻就到瓦尔哈拉宫外取这槲寄生来，用魔法使其变得坚硬而粗大，然后削成一支小棒。他拿这槲寄生变的小棒，到神们游戏的场所找霍德尔。这位盲眼的神独自坐在树下，并没参加游戏。洛基授予其槲寄生小棒，劝他也去掷一次。霍德尔盲目地奋力一掷，这小棒不偏不歪，正中巴尔德的要害，就此杀死了这位光明之神。

神们虽然用尽全力，却还是不能使巴尔德复活。弗丽嘉坚持要一位神到冥土去找冥王赫尔索回巴尔德的灵魂。这是一件麻烦的差事，神们都不敢去，后来是赫尔莫德愿意前往。于是奥丁把他的八足天马史莱普尼尔借给赫尔莫德。

另一边，巴尔德的遗体移到了他自己的宫殿里。奥丁命令神们到森林中砍取最大的松树来，准备给巴尔德的尸体举行庄严的火葬。

神们砍倒了许多古松，带到海岸边，装在巴尔德的龙船灵舡（Ringhorn）的甲板上，火葬就要在这船上举行。巴尔德的尸身则盛装了，安放在那些积薪之上。按照着火葬的规矩，神们把各种兵器和送葬的礼物都放在巴尔德的尸体旁。奥丁的送葬礼物是他的魔法指环德罗普尼尔，因为象征着光明和春天的巴尔德既死，那么象征着“生产丰饶”的德罗普尼尔当然与之俱亡。

神们又走到巴尔德的遗体旁，做最后的诀别。当巴尔德美丽的妻子南娜走过来的时候，她的心碎了，伏在巴尔德身上，也死

了。于是神们就把南娜放在巴尔德身边，准备一同火葬。他们又杀了巴尔德的马和狗，用棘枝围绕着积薪。

一切都准备妥当，变成了火葬船的灵舡须得下水了。可是因为船上堆的积薪和殉葬品太多了，神们全体的力量也不能推动这条船。这时在山上观看的巨人们就说他们知道有一位名为希尔罗金（Hyrrokin）的女巨人能够推动。于是神们请其中一个暴风巨人去叫希尔罗金来。希尔罗金骑着一条狼来，用力一推，连巨浪都冒出火花，船终于下水了。托尔举锤（那是葬礼的仪式）点火，积薪俱焚，船像快箭似的冲开海水向西航去，满海都耀着火光。船愈去愈快，到了西方的水平线时，已将天空和海水都映成赤色，然后宛如一轮火球般，巴尔德和他的灵舡都没入海中不见了。最后，黑暗笼罩大地，神们回到了阿斯加德。

失去了光明和欢乐的阿斯加德，到处都是凄惨的景象。只有弗丽嘉还怀着希望，她盼望赫尔莫德赶快回来，报告使命的成功。经过了许多困难的赫尔莫德此时也到了冥国了，他看见巴尔德垂头丧气地坐在那里，南娜紧紧地抱住他。赫尔莫德把来意告诉巴尔德，不料这位神却摇头说，他知道命运如此，必须在此住到“神之劫难”。但是他劝南娜回去。南娜把巴尔德抱得更紧，说没有这可爱的光明的丈夫，她不愿独自活在世上。

赫尔莫德便径直去见冥王赫尔，请求释放巴尔德。赫尔静静地听完了他的陈述，最后方说，如果地上万物，无论有生命的还是无生命的，均能为哀悼巴尔德而堕泪，那她就会让巴尔德回来。

这个条件虽然苛刻，可赫尔莫德却高兴极了。他知道巴尔德为万物所爱，万物都一定会为巴尔德落泪的。于是他赶快回到阿斯加德，还带了巴尔德送还给奥丁的魔法指环德罗普尼尔，还有南娜送给弗丽嘉的一条绣花地毯，以及送给芙拉（弗丽嘉的第一侍女）的指环。

阿斯加德的神们听了赫尔莫德的报告，立刻派出无数使者，从南至北，从东至西，宣示这个条件。使者们经过的地方，树木花草都掉泪了，土地因为哭泣而变得潮湿，即使是石头和金属那样坚硬的心，也掉下泪点来。但当使者们向阿斯加德返回的时候，看到一个大洞，深黑无底，一个女巨人庞大的身躯正从洞里出来。这个女巨人名为索克（Thok），或说即洛基化身。当使者们向她要求一点眼泪的时候，她讥笑使者们，又钻回洞去，说她绝不为巴尔德洒一点眼泪，并且希望冥王赫尔永远不放巴尔德回来。

所以巴尔德终于不能回来，但预言是必要应验的。当奥丁达到了以琳达为妻的目的时，琳达将生一子，名为伐利，这个孩子一生下来就拿弓箭射死了黑暗之神霍德尔，为巴尔德报了仇。

这就是光明之神和黑暗之神的始末。这个故事的意义是很明白的。光明之神巴尔德象征着太阳，巴尔德的死后火葬就暗示着夕阳的西没。巴尔德之必然为霍德尔所杀，也暗示着白昼必然地要继以黑夜。洛基象征着火，和天上自然的光明是相对的，所以洛基嫉妒巴尔德。树木花草以及石头金属所洒的泪象征了冬去后作为春之先驱的潮湿。索克是“煤”，她住在地下，不需要光明，所以她绝不落泪。巴尔德和南娜在冥土托赫尔莫德带给奥丁和弗丽嘉的东西，象征着虽在寒冬之时，春立苏醒的消息已经先来：指环德罗普尼尔是“生产丰饶”的象征，而南娜的绣花地毯则暗示着铺满花草的大地。而在道德的意义上，巴尔德是代表了善的势力，霍德尔是代表恶的。洛基则是“诱惑”，由于“诱惑”从中作祟，恶势力倾覆了善势力。

为巴尔德报仇的伐利，是象征了渐长之夏日的神。他是琳达与奥丁所生的儿子，伐利是成长得很快，一天之内就长大成人，没有洗过脸，也没有梳过头，就拿了弓箭，射杀了盲眼的黑暗之神霍德尔。他也是阿勘加德的十二位正神之一，关于他的简短故事就说明了阴暗的长冬，以及之后新光明的再临。在“神之劫难”后，旧的神祇都死了，伐利是宇宙重生后的神。

奥丁得到琳达的故事也是北欧神话中说明寒暑循环之自然现象的许多故事之一。据《大埃达》所记，琳达的故事如下：

鲁瑟尼斯（Ruthenes，即俄国）国王比尔林（Biling）有一独生女儿，名为琳达。虽已到了出嫁的年龄，可她却不肯选择夫婿。比尔林的国家正在遭受侵略，但比尔林太老了，不能打仗，又没有可信托的勇士，因此比尔林颇为忧虑。一天，比尔林的宫殿里忽然来了一位生客，他穿着灰色的外套，戴一顶阔边的帽子。这人就是奥丁，他是为了得到琳达的爱而来的。他替比尔林带兵，打败了敌人，然后请娶琳达为妻。比尔林答应了，可是当奥丁（人们并不知道是奥丁）在琳达面前说出他的意思并想要和她亲吻的时候，琳达在这位求爱者的脸上重重地打了一下，就跑了。

奥丁第二次假装为一个银匠，再到比尔林的宫里。他用金和银铸成了各种精巧的工艺品献给比尔林，而且不要别的报酬，只愿得琳达为妻。结果，他又吃了琳达一记结实的耳光。

第三次，奥丁变成年轻的武士。不料琳达也不爱少年人，很粗暴地推开奥丁，竟使他跌了一跤。这把奥丁激怒了，他念出卢恩文字的神咒，对琳达一指，琳达就昏倒了。当琳达再醒时，年轻武士已经不见，琳达则成了失心疯。医生们都没有办法。后来有一个自称为瓦克（Vecha，或 Vak）的老妇人说自己能治琳达的病。但这老妇人其实又是奥丁，他先用热水给琳达洗足，继而说要治琳达的病，须得有一间密室，而且要把琳达手足束缚。这样，奥丁就强迫琳达做了他的妻子。

在这里，琳达是冰冻的大地之人格化，坚执地拒绝了太阳（奥丁的象征）的拥抱。但在春雨到来时（即奥丁用热水给琳达洗足），冻地终于回春，从寒冰下解放，接受太阳的拥抱。然后，渐长的夏日——伐利也出来了。

第十一章　丰饶之神弗雷

弗雷（Frey 空气），涅尔德的儿子，生于伐纳海姆，所以他属于伐纳神族，即海洋与空气之神族。当他和他的父亲及妹妹到阿斯加德为人质的时候，阿斯加德的神们很欢迎他，给他美丽的亚尔夫海姆（Al-fheim），让他管理那些如蝴蝶般飞舞在花草之间的小小的精灵（Eif）。弗雷是夏日金色阳光及温暖的夏雨之人格化，他广施惠福于人类，而他管理的精灵也是于人类有益的小东西。它们受了弗雷的命令，帮助花草生长繁荣，又指挥蜂蝶工作，尽力去帮助人类。

阿斯加德的神祇又送给弗雷一把刀，这把无敌的胜利之刀，是太阳光辉的象征。弗雷常用这把剑与霜巨人作战，因为他仇恨霜巨人的程度不亚于雷神托尔。而地下善工艺的侏儒曾送给他一只金毛的野猪古林布尔斯提，这野猪的金毛，一方面象征着金色的太阳光，另一方面也象征着五谷的成熟，因为弗雷是命令五谷生长成熟之神，野猪（因为它以唇掘地）又是被视为教给原始人类以稼穑的。在这个意义上，弗雷是稼穑之神。他的侍者是一对夫妻。弗雷有时骑野猪，有时则以其驾一金车；车中满载果实和花朵，他慷慨地将这些撒布在地上。除金毛野猪之外，弗雷又有名为勃洛度格霍菲（Blodug-hofi）的好马，以及神船斯基德布拉德尼尔，这船也是侏儒所造。

弗雷的妻子是霜巨人盖密尔的女儿吉尔达。据《小埃达》所载，一天，弗雷偷偷坐上奥丁的宝座希利德斯凯拉夫，向冰冻的北方瞭望，看到一个极美丽的年轻女性正走进霜巨人盖密尔的家。这位女性有着金黄金发，她焕发的容光简直照亮了北方冰冻的天和海。于是，弗雷爱上了这位女性，但当他知道她是盖密尔的女儿而且又是被神们所杀的暴风雨巨人提亚西的亲戚时，弗雷就知道这份恋爱是没有结果的了。

相思使人憔悴，身为神的弗雷竟也不能例外。他的父亲涅尔德忧之，使从者史基尔尼尔问其故。经过史基尔尼尔的固问，弗雷才道出了真情。史基尔尼尔便请借弗雷的马和剑，到北方去做媒。弗雷都答允了。于是史基尔尼尔带了十二颗金苹果、聚金指环德罗普尼尔，又获取了泉水中映出的弗雷的面影，就到北方去了。

史基尔尼尔到了盖密尔的家，见着吉尔达，就先奉上金苹果、指环及弗雷的面影，可是吉尔达都拒绝了。史基尔尼尔乃掣出剑来，吉尔达仍然不怕。史基尔尼尔最后只好使用魔法：他用手杖画出卢恩文字的咒语，说如果吉尔达不答应弗雷的求婚，就将永远孤守空闺，或者只能嫁一个又老又丑的霜巨人。这终于使美丽的吉尔达恐惧了，于是她答应在九天以后的夜间，在绿地蒲利和弗雷相会。

在这故事里，我们又看到对“冰冻的土地如何回春而万物生长”这一自然现象的解释。吉尔达是“冰冻之地”的人格化，她和琳达一样坚拒着温暖阳光的拥抱，但最后终于接受了。弗雷不得不等待的“九日”便象征着北方冬季的九个月。但或以为吉尔达是极光的人格化。

弗雷在北欧也是很受崇拜的一位神，因而半历史的弗雷也就产生出来了。据斯诺里的《挪威古史》记载，弗雷是继半历史的奥丁和涅尔德之后的一位王。在日耳曼和斯堪的纳维亚各处，弗雷有许多不同的称呼；在丹麦被称为弗拉狄（Fradi），也被视为半历史的国君。据说弗拉狄曾得一魔法之磨，能依人之意而磨出各种物事。弗拉狄使两个女巨人推磨，生产了“金子”“丰饶”和“和平”。但弗拉狄贪得无厌，不让巨人休息，她们乃思报复。有一夜，她们在推磨时不唱“金子”“丰饶”“和平”，而唱“战争”，遂引来海盗，将睡梦中的丹麦人杀尽，海盗又劫两个女巨人及磨，载在他们的船上。海盗吩咐女巨人磨出盐来，因为当时盐稀有而昂贵。但是海盗的残酷不亚于弗拉狄，女巨人还是不得休息，只能一直磨下去，盐产过多，遂沉覆了船。因为沉在水里的女巨人和磨还在继续磨，海中的盐越来越多，于是海水从此就变成了咸的。

这个故事是解释海水何以会味咸的。虽然“弗拉狄”无疑就是“弗雷”的一声之转，可这位丹麦的半历史国君在性格上已经和弗雷不同。古代的传说大抵都是这样混淆而错乱的。

第十二章　森林之神维达尔

维达尔（Vidar）是奥丁和女巨人格莉德（Grid，物）所生之子。格莉德住在旷野的洞穴中，古诗人没有说明她属于何种巨人，但这个维达尔则是被视为不灭的自然力之人格化，或原始森林之神。他又被称为“沉默之神”。在“神之劫难”过后，维达尔又是宰御新宇宙的神之一。他的宫殿在广阔无垠的原始森林中央，名为兰德维蒂（Land-vidi，广土），这里只有永久的沉默与寂寞。

维达尔的样貌，据说是高大、硕壮、英俊、穿甲，带一把阔背的刀，穿一只铁或皮革做的靴子。有些传说中说维达尔的靴子是铁的，因为他的母亲知道他将永远与火斗争，所以特为他制了铁靴子而防火，正如她也曾借给托尔铁手套一样。可是有些传说中则说他的靴子是皮革做的，而且是用北欧的靴匠们所丢弃的零碎革条拼凑而成的。北欧的皮靴匠常常多扔革条，说是给维达尔做靴子。

当维达尔到了阿斯加德的时候，神们都很欢迎他，请他住在瓦尔哈拉。奥丁带他到乌尔达圣泉旁，向三位命运女神问以未来的休咎。命运女神说维达尔将在“神之劫难”中存活下来，并且在战胜了他的一切敌人之后，将成为新宇宙中的一位神。奥丁和格莉德都很高兴，但是维达尔不出一声，慢慢地回到了他自己的兰德维蒂宫殿，坐在那里，始终不作声，他是沉默得像一座孤坟。

后来，在“神之劫难”来到的时候，芬里尔狼吞吃了奥丁，转而张口向维达尔，但维达尔一足抵住了芬里尔的下颚，又用两手撑住了它的上颚，恶斗之后，终于将芬里尔撕为两半。传说中只提起过维达尔的一足、一靴，所以维达尔大概是独脚。不过，为什么独脚，则无可考了。

第十三章　海洋众神

在北欧神话中，正式的海神是埃吉尔（Aegir），他是沉海之神，和那位夏神且兼为近海之神的涅尔德不同族。他既不属于天之神们的亚萨神族，也不属于海与风之神们的伐纳神族，而是自为一族，以波涛汹涌的远海为他的领土。他管领海中的风浪，是一个老人，有长且白的头发和胡须。当他到海面来的时候，就追逐海船，把船颠覆了，拉到水底下他的宫殿里。

他的妻子是他的姐姐澜（Ran，强盗）为妻。这位女神的唯一消遣是在危险的礁石旁撒下她的网，捕取来往的船只；她和埃吉尔一样贪婪而残忍。澜又被视为海洋中的死神：凡溺死于海中，都被澜带下去，她有着像瓦尔哈拉一样的宫殿，专门款待那些死者。因为她是很贪财的，所以溺海者必带些金子在身上，说是可以献给她，讨她的欢心。

埃吉尔和澜生了九个女儿，名为扬波之女；她们都有雪一样白的胸脯和手臂、深蓝的眼睛、柔媚妖娆的身形。她们喜欢穿透明的青色、白色或绿色的纱衣在水面上嬉戏，有时她们的游戏变成恶闹，则会互相揪头发，撕衣服，猛冲到礁石上，高声呼号。但是除非她们的哥哥——风，先出来，否则她们是不出来的。这九个女儿又常是三人一组地出来。她们常常追逐在维京人的船旁，帮助他们到达目的地。

因为海给北欧人的危险和损失很多，所以海神埃吉尔和他的妻子澜都是北欧人不喜欢的神。

除了这两位主要的海神之外，又有次要的海神，他们都是有一个鱼尾巴的：在这一类中，女的名为安汀丝（Undines），男的名为斯托姆卡尔斯（Stromkarls）、尼克西斯（Nixus）或奈卡尔（Neckar）。在中世纪时，北欧人相信这些小神常常到陆地上的乡村中游戏。有时他们坐在岸边，梳他们那金色或绿色的长发，弹他们的竖琴。他们都是无害的、快活的海洋神。

更次等的海神是鲛人。有许多故事讲到女性鲛人是如何变成了鹅或海鸥。她们常把她们的衣服留在沙滩上，如果人们拾到了，就可以强迫那美丽的鲛人做他的妻子。

此外，又有居住在大河里的女神，名为罗蕾莱（Lorelei）。

因为据说她们常坐在罗蕾莱礁石上，故得此名。她们都是会唱歌的少女，常常用她们销魂的歌声引诱水手们迷乱而投入水中。

据许多传说，罗蕾莱们是莱茵河神的女儿，白昼潜伏水底，夜间出来高坐在礁石上，嘹望往来的船只。她们迷人的歌声随风吹入船上水手的耳中，可怜的水手们便会迷失了本性，忘记工作，直到他们的船撞在罗蕾莱礁石上粉碎为止。能够逼近见到这些女郎的，据说只有一个青年渔夫。他每天抛网的时候，常见一美丽女子唱歌，而且指点他应该在何处抛网才可得更多的鱼。后来这渔夫忽然失踪了，大概是被罗蕾莱拉到水底下做了永久的伴侣。

又据另一传说，曾有兵围住了罗蕾莱礁，想捉这些太会恶作剧的女郎。可是罗蕾莱女郎念了咒，所有船上的士兵都动弹不得。然后莱茵河水分开了，深可见底，有一辆绿车，驾以白马，迎这些少女下去，河水就又恢复了原状，兵士们也都能动了，然而少女们已经没有了踪影。据说从此以后罗蕾莱礁上就不复见到这些迷人的唱歌的水神了。

第十四章 美与爱之神芙蕾雅

芙蕾雅（Freya），北欧神话中的美与爱之神，是涅尔德的女儿。在日耳曼，她和神后弗丽嘉被混为一谈，但在挪威、瑞典、丹麦和冰岛，她是独立的神。

当芙蕾雅和她的父亲到阿斯加德做人质的时候，神们惊羡于她非凡的美貌，立刻将弗尔克范格（Folkvang）之地及一座名为瑟斯瑞尼尔（Sessrymnir）的大宫给她住。这宫殿非常之大，能够容纳芙蕾雅军队一样多的客人。

虽然芙蕾雅是掌管美与爱的女神，可这并不专指着女性的美和儿女情长的爱情。另一说，她也有极纯正的阳刚的性格，领

导着女武神瓦尔基里们到战场上挑选战死的勇士，一半的勇士归她带去，安置在瑟斯瑞尼尔大宫，这里的一切待遇和奥丁的瓦尔哈拉宫相同。除了这些战死的勇士以外，世间纯洁的少女及忠实的妻，死后亦得入此瑟斯瑞尼尔大宫，与所爱者团圆。这种生活是北欧的英雄的女子醉心的理想生活，因希望入此宫而殉夫的女子，据说在古代北欧是很多的。人们关于恋爱的祈求，芙蕾雅也会留心听取。她经常尽力撮合那些恋人成为一对儿。

因为代表英雄的阳刚之美，芙蕾雅的上半身是战士的装束，着金铠，戴盔，执盾与矛，下半身方是平常女子的装束。

芙蕾雅也被视为大地的人格化。北欧神话用了许多女神来代表大地各方面的形象，现在这里又是一例。在这个意义上，她的丈夫是象征着夏日的奥都尔（Odur）。北欧神话又常用许多男神来代表太阳在四季中的各种形象，夏天的太阳除已有伐利和弗雷作为象征，此又为一例。芙蕾雅很爱她的丈夫，生两女，一名赫诺丝（Hnoss），一名格尔塞蜜（Gersemi），是极美丽可爱的两个女孩子，她们的名字也因此成为一切可爱可贵之物的通称。

但是奥都尔的爱情却没有那么专挚。和芙蕾雅同居一久，奥都尔厌了，忽然出门漫游，不知所踪。芙蕾雅孤寂地守在家里，伤心坠泪。她的泪水滴在石上，石为之软，滴在泥中，深入地下化为金沙，滴在海里，化为透明的琥珀。经过了许多时候，不见奥都尔回来，芙蕾雅自己出门寻访。她走遍了世界各处，且哭且寻，因此世界各处地下都有黄金。

后来，终于在阳光照耀的南方的安石榴树下，芙蕾雅找到了奥都尔，那时芙蕾雅快乐的和新娘差不多。为纪念这棵安石榴，直至今日，北欧的习俗直到现在新娘都是戴着安石榴花的。

奥都尔又被视为“热情”或“恋爱之肉的快乐”的象征，这便是芙蕾雅之所以追逐而不舍的缘故。

芙蕾雅当然是极喜欢首饰的。她从黑侏儒处得了一条黄金（或称珍珠）的项链，更增加了她的美丽。她这金项链从不离身，只借过托尔一次（托尔乔装芙蕾雅为了抢回雷锤），洛基曾设法偷这金项链，幸得被守望神海姆达尔看见，才未偷成。

鹰毛之羽衣也是芙蕾雅的一件宝物。披上这件衣服，就可以变身为鹰。这件衣，曾经屡次借给洛基。

芙蕾雅常和她的哥哥弗雷同车出去，很慷慨地撒布弗雷的金车里的花果到世间。不过芙蕾雅也有她自己的车子，由两只猫拉着。据说这象征了柔和与肉感的猫，是芙蕾雅心爱的动物。

虽然芙蕾雅的正式丈夫是奥都尔，可是和她发生过关系的也很多。自神们以降的所有人，包括巨人和侏儒都渴望得到芙蕾雅为妻。她的金项链就是这么换来的。可是芙蕾雅不喜欢巨人，索列姆偷了托尔的雷锤，要以芙蕾雅来交换，虽然托尔亲自去求，芙蕾雅却坚决不肯。至于男性的神祇们，正如洛基后来骂芙蕾雅的那样，都曾和芙蕾雅有过肉体关系。

第十五章　真理与正义之神佛尔塞提

真理与正义之神佛尔塞提（Forseti）是光明神巴尔德和南娜所生的儿子，神们中最聪明正直、最善雄辩的一位。当他生后，神们就举他为十二正神之一，且以他为真理与正义之神。他的宫殿名为格利特尼尔（Glitnir），银顶金柱，远远就可望见。

他每天听受神们和人类的诉讼，定判决词。他很公平，又善辩论，所以他的判决没有人不心服。在他面前所起的誓，没有人敢背叛，如果背叛了，就要受到他的正直不私的处罚——死。他又是立法者，据说北欧人最初的法律就是这位神订立的。关于这点，有传说如下：

古代的弗里斯兰人（Friesians）要创造一种大家共守的法律，特推举了十二位最聪明的长老办理此事。这十二位长老搜集了各部落和各民族的风俗习惯，作为法典的基本材料。这一步工作完成之后，十二位长老乃驾一小船，想找一个清净的地点，细心研究那些材料。可是他们的船刚刚离岸，暴风雨就来了，小船被吹入海中，迷失了方向，十二位长老也失却了驾驶的能力。

于是这战栗的十二位长老开始祷告佛尔塞提求援。突然他们看见他们中间多出一位，成为十三个了。这生客没有说一句话，就坐在舵位上把舵，向波浪最高的地方前进，却不多时，就到了一个岛上。生客离船上岸，十二位长老也跟了上去。生客又取战斧击地，绿草中立刻喷出一缕清泉。生客饮泉，十二位长老也学他的样。于是他们都在草地上坐下。十二位长老开始审视这位生客，觉得他和他们十二个人都有点相像，却又实在是另外一个人。

突然生客发言了。他的话语始而徐缓，继而渐快渐兴奋。他在口述一部法典，很周到巧妙地包括了十二位长老所收集的各部落民族现有习惯风俗的一切优美点。当说完的时候，这位生客突然不见了。十二位长老始知这位生客就是佛尔塞提亲自来为他们订定法律。于是他们这小岛为佛尔塞提岛（即 Heligoland，神圣之岛），永远为北欧人所尊敬，就是维京人也不敢侵犯。

重大的审判，时时在这“神圣之岛”上举行。审判官必须先饮岛上的泉水，以纪念这位真理与正义之神。这泉水亦被视为神圣，曾饮此水的牛羊也不得再杀。据说佛尔塞提只在春夏秋三季审判，所以北欧人在冬季不进行审判，他们以为阴沉黑暗的冬季不宜于光明正直之心存在，所以裁判是不适宜的。

在阿斯加德的许多神中，只有佛尔塞提似乎与“神之劫难”无关，他不曾参加神们的最后一战。

第十六章　命运女神

北欧神话里的命运女神统名为诺恩（Norns），她们不是神们的隶属，也不是他们的同僚，诺恩们的判决是连神也必须服从的。她们决定了神们的命运，也决定了人类的命运。

诺恩是姐妹三个，大约是巨人诺尔维（Norvi）的后代，这个诺尔维就是女神诺特的父亲。当神们的黄金时代告终，罪恶渐渐产生在这宇宙间，甚至阿斯加德也无可避免的时候，诺恩三姐妹就在生命之树伊格德拉修旁边出现，定居在乌尔达泉旁——这是神们天天举行会议的所在。据有些神话学者说，诺恩三姐妹的职务是以将来的罪恶警告神们，告诫他们珍视现在，并且告诉他们全部过去的历史。

这三姐妹名为乌尔德（Urd）、贝璐丹迪（Verdandi）、诗蔻蒂（Skuld），分别代表了过去、现在、未来这三种时间。她们的主要任务是织造命运之网，每天从乌尔达泉中汲水浇灌生命之树伊格德拉修，并在树根上壅培新土，好使这圣树生机勃勃，永葆新绿。或谓她们还有一项工作是看守那些在生命树枝头的青春之苹果，只许春之女神伊敦来采。

诺恩三姐妹又饲养了一对鹅，这是世上鹅的始祖。有时，她们亦自己化成鹅到地上来游戏，像鲛人一样在湖沼河川中游泳，时时将未来的事情指点给人类。

诺恩们有时织出了很大的命运之网，一端起于极东的高山，又一端则入于极西的西海。网的线很像羊毛，颜色却随时不同，如果有一条自南而北的黑线，那就是死丧的标记。三姐妹投梭织造的时候，常唱一种庄严的歌，似乎她们并不是依了自己的意志而织造，却是盲目地在遵从、执行着“万物之主宰”（Orlog）的意志；“万物之主宰”乃是宇宙间的永在律，是最古老且最高的力，是无始无终的。三姐妹中的乌尔德和贝璐丹迪是好性情的人，至于第三位诗蔻蒂，脾气却不大好，常把快要完成的网撕得粉碎，抛在空中随风飘散。

因为这三姐妹代表了时间的三种状态，所以长姐乌尔德老而衰颓，常常向后回顾，似乎念念不忘过去的什么人或什么事；二姐贝璐丹迪则正在盛年，青春、活泼、勇敢，目光直向前方；至于诗蔻蒂这老三呢，通常是神秘地躲在面纱后，不示人以真相，脸向着的方向和乌尔德相反，手里拿一本书或一卷纸，都是不打开，以表示未来是神秘不可知的。

每天都有神来找这三姐妹谈话，问以各种事情，求她们给以指点。甚至奥丁自己也常到乌尔达泉边听这三姐妹的忠告。除了关于神们及奥丁自身的命运以外，诺恩们有问必答。

和诺恩们有关的传说，以诺恩纳格斯塔（Nornagesta）的故事最为有名。这故事的梗概略如下述：

有一次，诺恩三姐妹闲游到丹麦，在一个贵族将生第一子的时候，她们进了这贵族的家，她们直入了产妇的卧房。第一诺恩许诺初生婴儿将英俊而勇敢，第二诺恩许以其将成为大富人和大诗人。第三诺恩还未及言，贵族的邻人已闻此奇迹，蜂拥而至，挤满了一室，竟粗暴地将她推下了座椅。于是第三诺恩怫然不悦道，站起来说，她的两个姐姐的慷慨是徒然的，因为她将给予这新生婴儿只和床前的小蜡烛一样长的生命。

那小蜡烛已燃烧过半，眼看就要燃尽了。

母亲抱住婴儿，心也碎了。第一诺恩不愿自己的许诺被这样取消，而又不能使她妹妹的话语收回效力，于是取此小蜡烛吹熄之，递给那母亲，吩咐她珍藏，等到将来有一天她的儿子活得厌倦了时，再取出来燃完。

为了纪念诺恩，这个孩子就取名为诺恩纳格斯塔。母亲谨藏着那半截短烛。诺恩纳格斯塔美丽勇敢，大富美丽且为大诗人，一一如诺恩所言。既长成后，母亲就将攸关生命的残烛给他，告知原委，藏于他的琴中。

诺恩纳格斯塔老了，可并不厌倦生活，他的诗人之心常葆青春，勇敢而且活泼。他活了三百多年，直到奥拉夫国王强迫人民信奉基督教的时候，还没厌倦生活。奥拉夫也强迫这位老人受洗礼，而且为了让民众看到命运女神的预言不足信，又强迫诺恩纳格斯塔取出那珍藏了三百多年的残烛来燃烧。不料烛尽之时，诺恩纳格斯塔也倒在地上死了。

即使在基督教的时代，命运的权力也还是不可动摇的。

诺恩们有时亦被称为伐拉（Vala），或女预言者。“预言”这种神秘的能力，在北欧人看来，是女子独具的。伐拉们的预言有着至高的权力，且不能询其理由。相传罗马大将德路苏斯（Drusus，奥古斯都皇帝的小儿子）曾遇到一个伐拉，被告以不可渡过莱茵河，后来德路苏斯果遇反攻而大败。伐拉又曾预言德路苏斯的死期，不久之后他果然堕马而死。

这些女预言者又名为艾蒂斯（Idies）、蒂茜斯（Dises）或哈戈蒂斯（Hagedises），大都住在森林里或古墓中，而且常伴随着侵略的军队。她们骑马在先，鼓励战士们冲锋，并从俘虏身上吸取血液。北欧人又相信每个活人都必有一守护灵（Fylgie），伴随他终生，这守护灵或为人形，或为兽形，但除非在将死之时，不可得见。

诺恩比喻的意义是很明显的，但有些神话学者仍将诺恩们视为原始人对自然现象的解释，以为诺恩们是空气的象征，她们所织的网是云，而撕破的网则为被风吹散的云。又有些传说里说诺恩们中的第三诺恩诗蔻蒂是死神或冥王赫尔之化身，又有谓诗蔻蒂也是女武神之一。

第十七章　火与恶之神洛基

我们在前面已经讲到很多关于洛基（Loki）的故事。这位“神”一般来说是象征了宇宙间的恶势力，可是北欧人又给了他别样的性格，所以弄得很复杂。

最初，洛基只是灶火（别于雷这“天火”）的人格化。火是能为人造福，亦能为人之祸的，洛基也是这样。他的行动最初是善恶兼半，并且他的恶也并非出于故意，只是“无心之恶”而已。这时的洛基是一位善神。但后来，洛基的“无心之恶”，渐渐成了有意为恶，他成为神与魔的混合品，那时候，洛基便成为代表恶势力的“神”了。最后他终于成了阿斯加德的叛徒。

当洛基还是善神的时候，他象征了“生活之精神”；但当他后来成为恶神的时候，他又象征了“生活之诱惑”。和托尔对照的话，则托尔是北欧人活动的象征，洛基则是消遣的象征。托尔和洛基曾经常结伴，就是因为北欧人认识到“活动”和“消遣”在生活中都是必要的。托尔常是诚恳的，忙于工作的，洛基则对所有事都以游戏的态度处之，终至于成为喜欢作恶的习惯，变得自私、诈谲。洛基所代表的恶是世上最普遍而且起先不大使人嫌恶的尖刻狡猾和爱开玩笑的恶。因此，洛基最初仍为阿斯加德的神们所容纳，并以为会议的一人，且又不幸常听从他的提议。

关于洛基的身世，古代的诗人就有多种说法，或谓他是奥丁的兄弟，或谓并无亲族关系。据这一说，在奥丁出生之前，洛基就存在了，是宇宙间最原始的物质的人格化。他是霜巨人伊密尔的儿子，兄弟是卡利（Kari，空气）和赫勒尔（Hler，海），姐妹是可怕的海之女神澜。而在这种说法中，洛基是被视作原始的“地下之火”的。但别的神话材料中又有第三说，认为洛基是巨人勃尔格尔密尔的儿子。

洛基的第一任妻子是古莉特（Glut，炽热），生下两个女儿：爱莎（Eisa，余烬）和艾米莉亚（Einmyria，灰）。现在斯堪的纳维亚的主妇们看见燃旺的木柴在灶中爆响，还说是洛基在打他的女儿。他的第二任妻子就是女巨人安格尔波达，生的孩子就是巨狼芬里尔、世界之蛇尤蒙刚德和死亡女神赫尔。他还有第三任妻子，名叫希格恩（Sign），生了两个儿子，纳尔弗（Narve）和法利。因为被视为恶神，所以北欧人对洛基只有畏惧，并无敬奉，他也没有庙祀。在象征着火的这一方面，他有时又被看作代表了夏天的炎热的太阳光，农人们常称大热天为洛基种橡实，亦谓水被日光晒干是洛基在喝水。

洛基的故事常常掺杂在别的神的故事中，我们已经说过许多。现在只把他独有的故事略略叙述如下：第一个故事还是说好的方面的洛基，第二个故事则叙及洛基的下场。

巨人斯克尔姆斯利和一个农夫赛棋，巨人赢了。他们本来赌有彩头，现在巨人就要取去他的彩——农夫的独子。可是因了农夫的要求，巨人允许宽限一天，让农夫把那孩子藏起来，如果巨人找不到，事即作罢。

农夫乃祈求奥丁帮助他。奥丁在天上听到了，就亲自下来，将农夫的孩子变成一粒麦子，藏在大麦田中的一棵麦穗上。

次日，巨人斯克尔姆斯利来了。在农夫的屋子里找不到那孩子，巨人便拿了一把大剪子往外跑。到了麦田中，他用剪子分开那些麦秆，终于找到了奥丁藏着孩子的那棵麦穗，就剪了下来。奥丁在天上早已看见，赶快从巨人手中抢下那孩子变的那粒麦，仍还原为孩子，交给农夫，说他——奥丁已经无能为力。

巨人又宽限一天，再给农夫一个同样的机会。

这次，农夫则去祈求海尼尔的帮助了。海尼尔将那孩子变为池中一只鹅胸前的一根细绒毛。可是巨人在次日来时，看见了这只鹅，就猜到了其中的把戏，立刻把鹅头咬下来，如果不是海尼尔手快，变成绒毛的孩子早已跑进巨人的肚里去了。海尼尔把孩子还原，交给农夫，也说他没有办法了。

于是巨人第三次宽限，再让农夫试第三次。

农夫现在只好向洛基祈求了。洛基将这孩子带到远远的海边，将他变为小小的鲽鱼肚子里的一粒小小的卵。但是他知道巨人的厉害，就在海边等着。巨人果然来了，手里拿着钓具。洛基紧跟着。巨人钓了一会儿，钓起一条鲽鱼来，恰就是藏着农夫孩子的那一条。巨人剖开鱼腹，在无数的卵中找了半天，居然又找着了农夫孩子所变的那一粒。

洛基情急，便从巨人手里抢过那粒卵来，立刻还原为农夫的孩子，使他快跑，并命令他必须穿过旁边的一个船库，而后随手把门带上。巨人斯克尔姆斯利也立刻跟在后面追，当他也跑进那船库的时候，头却撞上了洛基预先埋设的一根木桩，便跌倒在地上。乘这机会，洛基赶快砍断了巨人的一条腿，但是断腿自己能动，移到巨人身边，快要接上了。洛基也是行家，知道这是魔法，便赶快再砍断巨人的另一条腿，在断腿与身体之间投下铁片和燧石，这就破了巨人的魔法。

巨人既被杀，农夫的孩子遂得安全。农夫从此认为洛基是最有本领的神。这就是第一个故事。而下一个故事中的洛基则充满了恶作剧式的诡诈，结果使阿斯加德的神们在天上流血，加快了“神之劫难”的降临。

虽然神们有了那神奇的虹桥比弗罗斯特，又有可靠的守望者

海姆达尔，可是他们还觉得不够，深为担心霜巨人有一天会打到阿斯加德来，于是他们打算再建一座城堡。

就在他们正在计议如何建造的时候，来了一个面生的建筑师，愿意承造这座堡，但要求神们以太阳、月亮美神芙蕾雅为报酬。神们大怒，认为这个建筑师太狂妄了。但是洛基提议，不妨姑且答应，但要给他最严酷的条件：一是须在冬季之内完工，二是除了建筑师和他的马斯瓦迪尔法利（Svadilfare）之外，不准有别人帮忙。

这样苛刻的、看来不可能的条件，建筑师居然答应了。他白天建筑，夜间搬运石头。工程进行得很快，不久就完成了一半。到冬尽的最后一天，只剩一个拱门了。而这一点小工作，当天晚上那位建筑师是一定可以做完的。

眼看太阳、月亮还有美丽的芙蕾雅都要不保了，神们都埋怨洛基。如果洛基不想个补救之策，神们会杀了他。

这时，洛基的狡猾又有用了。他跑到那匹马——斯瓦迪尔法利搬运石头的树林里，斯瓦迪尔法利正拖着一段极大的石柱。洛基变为一匹母马，从黑暗中冲出去，对斯瓦迪尔法利发出春情的嘶鸣。因为这母马是很美丽的，它的嘶鸣又是那样淫逸，所以工作中的斯瓦迪尔法利就丢开了石柱去追赶母马了，建筑师的喝止也没有效果。变成母马的洛基很巧妙地往森林深处跑，斯瓦迪尔法利在后面追，建筑师又在后面追斯瓦迪尔法利，就这样把整整一夜浪费了。这位建筑师不是凡人，而是太古时代残存的一个无名霜巨人的化身。他回到阿斯加德，暴跳如雷，责骂神们不该使用诡计。他几乎要杀了神们，幸得托尔赶了回来，一雷锤将这霜巨人打死。

这一次，神们仅是依靠诈术和托尔的强力才勉强自救，这两者都不是阿斯加德的荣誉所能堪的。他们很忧虑，知道他们的“劫难”之期是一天一天地逼近了。

此后洛基又做了许多恶事，直到被称为“不义的洛基”。可是神们还勉强容忍他。而他使诡计杀了光明神巴尔德这件事，终于激起了神们的公愤。接着他又变成老太婆索克，不肯为巴尔德流泪，以致巴尔德不能从冥间回来。于是神们断定在洛基身上已经没有丝毫的善，便把洛基驱逐出阿斯加德。

海神埃吉尔知道阿斯加德的神们正为巴尔德的死而哀悼，为洛基的恶行而愤怒，于是特备了盛筵，请神们到他海底的宫殿里游玩。神们欣然前往。可是在欢乐的宴会中，他们突然发现洛基也在，像一个黑影似的围绕在他们左右前后。神们生气，斥洛基出去，洛基报以怒骂。正闹得不可开交时，洛基又杀死了埃吉尔的侍者费玛芬格。于是神们怒起，将洛基赶出宫殿。

骚乱告一段落，神们再度入座，不料洛基又偷偷跑进来了。他的骂声充满整座宫殿：他数说神们的不义，神们的闺房不洁，最后还对希芙女神说出秽污的话来。这激怒了托尔。若不是顾在筵席之上不便流血的份儿上，托尔早拔出了他的雷锤。洛基知道对方的厉害，赶快逃走，不敢再进来。

经这一次，洛基知道自己再没有回阿斯加德的希望了，并且料到神们一定会追杀他，他就跑到山中，造了一个茅屋，有四个门，终日大开着，准备万一之时逃走。他预定好计划，如果神们来捉他，他就逃入近旁的大河，变成鲑鱼。但他又想，假使神们织了海之女神澜所用的那样的网，他还是不能幸免。洛基就自己织了一张网，预先试验一次。

网刚织了一半，洛基就看见奥丁、托尔和克瓦希尔远远地来了。他将半成的网投在火中，就逃出来跳进河里，变成鲑鱼，藏在两块石头中间。奥丁和托尔看屋里没有洛基，正没有办法，克瓦希尔却瞥见了那个没有烧完的半成的网。这个聪明的小东西立刻联想到洛基也许是打算变鱼，提议到近旁的河边去找。但是洛基躲在河底的大石头下，网不起来。当几个神拉起网，正待再投下水的时候，洛基一跳，企图出水逃走。他第三次跳得很高，几乎就逃掉了，但却在空中被托尔捉住，逼他现了原形。

神们将洛基禁锢在地下洞穴中，用他的儿子纳尔弗的内脏作为绳索。纳尔弗是被他兄弟瓦利撕杀的，神们因此处罚瓦利，使之变成狼。这些被当作绳索的内脏紧紧地扣住了洛基的手脚，使他仰面躺着。神们怕这些绳索还不够坚固，又施法将其变成钢铁。

女巨人斯卡蒂，冰的山泉水的人格化，是洛基的死敌。又取一毒蛇缚在洛基头顶上方的岩石上。蛇的毒液滴下来，刚好落在洛基不能转动的脸上。但洛基忠实的妻子希格恩也立刻来了，拿盘子接住了毒液。直到天地末日，“神之劫难”到来时，洛基从囚禁地逃出来，和霜巨人等联合起来，毁灭了阿斯加德的时候之前，希格恩总是守在洛基身边，高举着盘子承接毒蛇口中滴下来的毒液。但盘子满了，须得去倒空，希格恩不得不离开她的岗位一些时候，这时蛇的毒液就要落在洛基脸上。那时这位恶神痛极了，便奋力挣扎，想要脱逃。他把大地都震动了，震骇人们的地震就是这样来的。

在这个传说里，斯卡蒂的毒蛇的毒液象征了山中的冰泉，泉水时时从岩缝中渗入地层，和地下火相遇，就蒸发为蒸汽向上冒，且常常伴随地震。这在冰岛等地是常见的现象。所以在这一点上，洛基是地下火的人格化。

第十八章　神之使者与守望者

赫尔莫德（Hermod）是奥丁的儿子，善飞行，因此成为奥丁的特别侍从，专事跑腿的工作。他又是神们的使者，送信的差使，都是他的责任。奥丁的无敌之矛冈格尼尔常由赫尔莫德荷着，他也是除奥丁之外唯一能骑那八足天马史莱普尼尔的神。赫尔莫德有奥丁赐给他的铠甲和盔，遇到打仗的时候，他就穿戴起来。据说他虽是文职的“行人之官”，可是也好战事，常常和瓦尔基里到战场上拣选战死的勇士带到瓦尔哈拉宫中。平时他出门送信时则带一杖，名为加姆班泰因（Gambantein），这是他的职务的标记。

赫尔莫德的故事多和各神有关，已散见于前，而他自己独有的故事则为奉奥丁之命到芬兰去寻找预言者罗斯希奥夫（Rossthiof）询问未来之事。这是说罗斯希奥夫预言光明神巴尔德将被谋杀，而且预言奥丁须得娶琳达为妻，方能再生一子报仇。

而另一位只在阿斯加德执务而并没有代表着什么自然现象的神，就是虹桥的守望者海姆达尔（Heimdall）。他是奥丁与九个女巨人所生的儿子。一天，这九位女巨人在海边躺着休息，被奥丁看见，遂同时并淫之，后来九人合而共生海姆达尔。在并时间内，以大地之力、海之湿气以及太阳的热量为营养的海姆达尔长大成人，于是便到阿斯加德找他的父亲。

那时，神们刚用水、火和空气建筑了虹桥比弗罗斯特，却是正待在物色一位可靠的守望者，以防霜巨人从此桥攻入阿斯加德。恰好海姆达尔来了，神们一见就同意任命他为虹桥的守望之神。为了使海姆达尔成为最好的守望者，神们就给他最灵敏的耳朵，能在桥上听见地面上草生长的声音，或是羊毛从羊背上生长出来的声音；又给他最好的眼睛，能在黑夜里看见千里外的事物；此外又使他像鸟一样不需睡眠。

海姆达尔的武器是一把快刀和一支号角，号角名为加拉尔（Giallar-horn）。如果看见有敌人来，他就会吹这号角，天地冥三界都能听得见。海姆达尔有时将此角挂在生命之树伊格

德拉修的高枝上（此时就是新月），有时则沉在密弥尔的圣泉中。海姆达尔常穿白色的服装。最特别的是，他有一口金牙齿，故又有别名叫古尔林塔尼（Gullintani，金齿者）。

当洛基尚未被逐出阿斯加德的时候，有一夜，他溜进了芙蕾雅的卧室，想偷她片刻不离身的金项链，可是却被在虹桥上观望的海姆达尔看见了。他立即去捉拿这个贼，和洛基变形斗法，最后终于捉住了洛基，取回芙蕾雅的项链。这件事是洛基所深恨的，所以后来"神之劫难"到来，洛基从囚禁处逃出，杀上阿斯加德之后，便与海姆达尔苦战，两人都死了。

海姆达尔又名利格（Riger）。关于这个名字，有一个故事，投射了北欧人对社会阶级之由来的想象。

据说海姆达尔有一次到地上游历，在海边看见一间破茅屋。茅屋里住着一对老夫妻，名叫艾（Ai，曾祖父）和爱达（Edda，曾祖母）。海姆达尔自称为利格，在这户人家住了三天，教给他们许多生活的知识。后来，爱达生了一个黑皮肤、粗筋骨的儿子，取名为萨尔（Thrall，奴隶），他长得很壮实，喜欢做笨重费力的事。他娶瑟尔（Thyr）为妻，那也是一个手脚粗壮的女子。他们生了许多孩子，子又生孙，所有"奴隶"阶级的人都是从他们这里传下来的。

自称为利格的海姆达尔继续向前走，走到一片耕种过的土地上，又在一个农夫的小康之家住下。这家的男主人名叫亚菲

（Afi，祖父），女主人名叫亚玛（Amma，祖母），他们用很好的食物招待这个客人。海姆达尔住了三天，每天晚上都睡在夫妻的中间。后来，亚玛也生一子，取名为卡尔（Karl），长大后善于农事，后娶一妻索娜（Snor），生下许多孩子，是为农民与牧人，即农民阶级的祖先。

海姆达尔第三次的住处，是在一个体面的堡寨内，主人是一对夫妻，男的名叫法迪尔（Fadir，父），女的名叫莫迪尔（Modir，母），穿得很讲究，招待客人的食物也非常精美。海姆达尔住了三天，就回去了。过后不久，莫迪尔生一金发的儿子，皮肤洁白，英俊潇洒，取名为雅尔（Jarl）。他长大后，喜爱的是鹰马和狩猎。后娶一贵族美丽的女儿爱娜（Erna）为妻，生下许多孩子，是为斯堪的纳维亚诸邦王室及贵族之始祖。

这一故事，体现了北欧人强烈的阶级观念。他们认为阶级乃是神创立的，并且正如虹桥有三色，由水、火、气三元素组成，人类的阶级因此也有三个：身为统治者的贵族、被压迫的奴隶，以及中间的“自由民”性质的农民。

第十九章　女武神瓦尔基里

上面已经说过，奥丁的特别的女侍者，名为瓦尔基里（Valkyrie，女武神）。这些女郎或据说是奥丁自己的女儿，如有名的布伦希尔德（Brynhild）；或是人间国王的女儿，或为敬奉神们的贞洁少女。瓦尔基里们和她们的马，或谓均为云的人格化，她们闪光的长矛则象征闪电。北欧诗人相信这些女武神是奉了奥丁的命令，到世间战场上挑选勇敢的战死者，带到瓦尔哈拉宫殿中享乐，以备将来“神之劫难”降临时，和神们一起参加那最后的决战。

这些瓦尔基里都是美丽的少女，有着漂亮的白臂和飘扬的金色长发。她们戴着金盔或银盔，血红的紧身战袄，发光的矛和盾，骑着小巧精悍的白马。这些白马能驰骤于空中，奔过那道长长的虹桥，不仅背负着它们那美丽的主人，而且也要背负战死的勇士。在战场上，垂死的勇士接受了瓦尔基里最后的死亡之吻，就被带到瓦尔哈拉去了。

因为瓦尔基里们被视为云，所以马的鬃毛间又被设想成能够落下霜和露，因此这些马也受到人们敬视。在北欧人看来，瓦尔基里们和她们的马都是有惠于人类的。

瓦尔基里们不独在陆地的战场上挑选勇敢的战死者，她们亦到海上，从沉没的大龙船里挑选将死的勇敢的维京人。在瓦尔哈拉宫殿中，这些水上英雄享有和陆地上的勇士同样的待遇。据说维京人如果看见瓦尔基里站在龙船的桅顶，便知道他升天之时已到，于是这些不怕死的维京人就会狂欢着等待瓦尔基里的死亡之吻。

至于女武神的人数，各神话学者的说法各不相同：至多是十六个，最少是三个，但普通则说是九人。又有的传说中说她们的领袖是爱神芙蕾雅或命运三女神中的诗蔻蒂。

平时在天上的瓦尔哈拉宫殿里，瓦尔基里们的职务是侍候那些在瓦尔哈拉宫殿享福的战死勇士。每次传餐，她们就脱下血污的战袍，换上雪白的长衣，露出雪白的臂膀，拿出天上的酒肉来请这些恩赫里亚尽情啖饮。这样的生活，正如前面所说，正是每一个勇敢的北欧武士醉心向往的。

瓦尔基里们也常到世间游玩。那时，她们披上鹅毛的羽衣，化为天鹅。遇见清澈的溪流时，她们常常会脱下羽衣，到水中洗澡。那时，若被人看见，藏起她的鹅毛羽衣，便可以留她住在地上。若要强迫她为妻，也可以办到。据传说，有三位瓦尔基里，就曾这样被拉普兰国王的三个儿子留住作为妻子，经过了九年，她们方才飞回天上。

但最有名的瓦尔基里和人类恋爱的事情自然当属布伦希尔德的故事。有一种说法，布伦希尔德，或谓即奥丁的女儿，且为女武神之领袖，她的人类的丈夫就是北欧最伟大的民族英雄希格尔德（Sigurd）。我们以后还要详细讲到。

第二十章 冥世神话及死神赫尔

死神赫尔（Hel）[1]，是洛基的女儿，生于寒冷的尤腾海姆，是奥丁将她打入了尼弗尔海姆，让管领幽冥世界。她是死神，又是冥土之君主。

赫尔的国度，即所谓冥国，北欧人认为在地下，须在极北的寒冷黑暗之地走上九天九夜的崎岖道路，方能到达。冥国的大门离人居中的世界极远，有名的速行之神赫尔莫德骑了奥丁的好马史莱普尼尔，尚且跑了九个日夜才到达吉欧尔（Gjoll）河。这

① 或称为海拉（Hela）。作者注。

条河是尼弗尔海姆的边界，河上有镀金的水晶桥，用一根发丝吊住。守桥的是狰狞的枯骨莫德古德（Modgud），凡要过桥者，须先向他纳血的通行税。死后的鬼大多是骑马或坐车通过此桥，这些马和车是火葬时一起烧了的。北欧人通常在死者脚上穿一双特别坚固的靴子，因为到冥国的九天九夜的崎岖道路须得有一双好靴子才能对付。这靴子特名为“赫尔靴”。

既过吉欧尔河，乃有一铁树之林，林中只有钢铁的树叶，地上不毛。经过了铁树之林，则至“赫尔之门”，有可怕的血斑巨犬加尔姆（Garm）守着，它蜷卧在名为格尼帕（Gnipa）的洞窟之中。这可怕的妖魔只有用叫作“赫尔饼”的食物才能买通它。在“赫尔之门”里，只有刺骨的寒冷与深远的黑暗。其中，有如嘶嘶沸腾的大锅的声音，那是赫瓦格密尔泉奔涌之声。除此之外，又有冥间九河，其中名叫斯利德（Slid）的一条，河水中流淌着锋利的尖刀。

再往前走，就是赫尔的宫殿埃琉德尼尔（Eliudnir，悲惨）。赫尔爱吃的东西是“饿”，她的餐刀是“贪饕”。她的男仆名为“无聊”，女仆名为“怠惰”，卧室名为“毁灭”，床名为“忧愁”，窗帘名为“火灾”。

赫尔有许多房间收容每天从阳间来的客人：她不但收受一切杀人犯和冤死鬼，也收容那些不幸就死去的鬼魂。凡是老死和病死的鬼魂也都到赫尔那里，此所谓“病死”又名“草柴死”，特指那些平凡地死在床上的死亡方式。

虽然赫尔对待那些生前不曾作恶的鬼魂还算和善，可她的国度终究是无趣的地方，古代的北欧人都不愿去。他们都不愿“草柴死”，男人们都愿死在矛下，或死在海中，因为这样死的死者有被瓦尔基里挑选到天上的瓦尔哈拉宫享福的可能。女人们也都愿意为丈夫殉葬一同火葬，因为据说中在天上芙蕾雅也有一座大宫专门招待这些爱人。至于生前作恶多端或生活丑恶的鬼，则被贬入死尸之壑纳斯特隆德（Nastrond），受冰泉的浸泡和毒蛇的咬啮。在此受了许多痛苦之后，又被投入“大釜”赫瓦格密尔泉，于是毒龙尼德霍格就暂时不咬生命之树的树根而来啃他们的骨头。

赫尔也常常到人间世界来。她骑的是三足的白马。当发生瘟疫的时候，如果一村中死了一半人，人们就说赫尔是用了耙；如果死了全村，则说她是用了扫帚。

北欧人又认为死者的鬼魂会常到人间来看他的亲人，据丹麦的民间故事所说，死者的亲人的悲欢也常会影响到死者的灵魂。有名的民歌《艾吉尔与爱丽丝》中说已死的丈夫要他的妻子常常微笑，因为哭泣使他的棺中充满了血滴，而欢笑则使棺中绽放玫瑰。

第二十一章　巨人族

我们已经说过，北欧人最初想象古宇宙冰川中的活物是巨人。这些代表着丑和恶的巨人自创世之初就与代表美和善的神们处于对立的状态。

当第一个巨人伊密尔被神们所杀后，他自己身上流出的血成为洪水，淹死了他的一切子孙，只剩下勃尔格尔密尔夫妻一对，逃到北方的尤腾海姆，他们成了此后一切巨人的祖先。这些巨人的名字各有意义，例如尤腾（Jotun）意为“大食量者”，因为巨人们的食量都大得可怕。他们喝的本领也不差，故又名“瑟希斯”（Thurses），这个词的意思是“渴”。另有一解释，则说“瑟希斯”是“高塔”的意思，因为巨人们喜欢造高塔，故有此称。

尤腾海姆在极北的寒冷之地。巨人们经常向南侵犯，但是他们笨重的身躯、不慧的头脑和石头的武器，到底不是灵巧聪明又使用铜器的神们的对手。但是有一件事情巨人是胜过神们的，即巨人知道一切过去之事。奥丁喝了密弥尔的智慧之泉后，曾和最聪明的巨人瓦夫苏鲁特尼尔（Valthrudnir）斗智，结果虽然是奥丁得胜了，却也全赖他所问的自己的极私密之事是巨人不知道的。

巨人最怕神们中的托尔，他的雷锤是一切巨人的致命仇敌。

据日耳曼的传说，地上的山也是由巨人造成的。当大地初成的时候，还是软绵绵的一块，巨人们用脚乱踩，就弄成高高低低的山脉和平原了。女巨人们不喜欢她们丈夫的这种行为，放声大哭，她们的眼泪就成了江河。但据《大埃达》所载，山谷和江河都是由伊密尔的骨肉和血汗造成的。巨人们又只宜在黑夜出来，若见了太阳光，就化为石头。这种说法，在斯堪的纳维亚也有，而冰岛人称他们最高的山为“尤库尔”（Jokul），大概就是“尤腾”（Jotun）一词的转音。在瑞士北部，人们认为山顶的雪崩是巨人眉头或肩胛上的雪偶然掉落所致。

因为巨人是雪、冰、寒冷、石头和地下火的人格化，故亦被称为始源巨人佛恩尤特（Fornjot，这是对伊密尔的另一称呼）之后裔。据这种说法，佛恩尤特有三子：赫勒尔（Hler，海）、卡利（Kari，空气）和洛基（Loki，火）。这些是最初的巨人，他们的子孙是海巨人密弥尔（Mimir）、盖密尔（Gymir）、格伦达尔（Grendal），暴风巨人提亚西（Thiassi）、索列姆（Thrym）、毕利（Beli），以及死亡巨人赫尔。北欧的贵族多喜欢将自己的祖先追溯到这些巨人，例如法兰克帝国墨洛温王朝就说是出于海巨人。墨洛温朝的始祖克洛维的母亲，据说是在海边散步的时候，突然有牛形的东西从海里出来，直接强奸了她，后来生下克洛维。

芬兰北部有一种传说，说巨人们有一条大船，名为曼尼格法（Mannigfual），常在大西洋中航行。这条船大得惊人，船长在船上巡行的时候必须骑马，其主桅也极高，水手们爬上去的时候还年轻，下来时已经老了。桅杆上有睡觉的地方，也有食物，等等。有一次，误了方向，这条大船进入了北海，因为想快些回到大西洋，又不敢在北海这样狭窄的地方转向，就一直驶进英吉利海峡。不料海峡越来越窄，到了加莱和多佛尔之间的地方，船身实在过不去了，于是船长命令在船旁多擦些肥皂，才总算滑过去。现在多佛尔的石崖特别白，就是那时被肥皂擦狠了的缘故。

第二十二章　神之劫难

北欧神话的一个特点就是那些神总有一天也会死亡。有生必有死，是北欧人牢不可破的观念，连神们也概莫能外。而且北欧神话中的神们都是神种和巨人种的混血，亦即善与恶的混合体，是不完备的、非纯种的，神们的身体里埋藏着死的根源，所以他们也像人类一样，终有一死——经过肉体的毁灭而达到精神的永存。万事万物，即使是神，也不免是善恶杂沓的混合，这便是北欧人的基本观念。

因此，北欧神话的整体结构就变成了戏剧式的，是一步步地走上悲剧顶峰的。在前述的各章中，已经讲到神们的渐盛及渐衰，我们看到神们是如何容纳洛基——恶的代表，居住在他们的阿斯加德；神们又如何软弱地听从了洛基的提议，让他们卷入困难的漩涡，终至牺牲和损害了他们的道义与平和。最后，还让洛基盗去了他们最宝贵的东西，纯洁与天真之人格化——光明神巴尔德。

至此，神们方醒悟到，容忍洛基在他们中间是多么可怕，于是驱逐这恶的代表到地面上，可是已经太晚了。洛基在人间还是作恶，而并不比神们聪明的人类又听从洛基的教唆，一天一天地堕落。神们终于决定将洛基禁锢于山洞中，然而又已经太晚了。

所有这些错误，使神们承认古老的预言必将实现，所谓“神之劫难”（Ragnarok）已经笼罩在阿斯加德了。驾驭着日车和月车的苏尔和玛尼的脸因恐怖而变得苍白，抖抖索索地勉强将车驶过天空，时时回头看那追上来要吞吃他们的天狼。这些天狼越逼越近，不久就要咬到他们了。苏尔和玛尼不再有笑容，因此地面上也变得枯索、寒冷，可怕的无尽的冬开始了。先是漫天飞下雪花，继之从北方刮来咬人的冷风，地面盖上一层厚的冰。这个可怕的严冬持续了整整三季，不但不去，却又延长了更坏的三季。一切可爱的东西都已离开地面，人类为生存所迫，各样的罪恶都在做了。

在冥土黑暗的铁树林中，女巨人安格尔波达用杀人者和淫恶者的骨头喂养着芬里尔狼的凶种，哈梯（Hati）、斯库尔（Skoll）和玛纳加尔姆（Managarm）这三条狼。因为杀人和淫恶的罪人太多了，这三条食量可怖的狼被喂得更强壮，张开了血口，更凶猛地追赶驾着日月之车的姐弟二人。

空前的奇祸迫在眉睫了。大地为之震栗，星星从天空跌了下来。被禁锢着的洛基、芬里尔狼和地下冥土的恶犬加尔姆都振作精神，奋力挣扎，将他们身上的铁索弄得震天响，想要摆脱束缚，冲出来报仇了。毒龙尼德霍格已经咬穿了生命之树伊格德拉修的根，使这棵巨树的所有哋叶都颤抖起来。高栖于瓦尔哈拉宫顶的红雄鸡高声报警，立刻，米德加德大地上的雄鸡古林肯比（Gullin-kambi，金冠）和尼弗尔海姆中冥王赫尔的红黑两色鸟，都同声应和。

虹桥的守望者海姆达尔看见了所有这些不祥的事，听到了红雄鸡的锐叫，立刻拿起他的号角吹出那等待已久的报警的尖音，随即全宇宙就都听到这号角声了。角声刚起，阿斯加德的神们和瓦尔哈拉宫中的恩赫里亚们都从座中跳起，立即全身武装，勇敢地离开神宫，跳上他们奋鬣腾骧的坐骑，潮水般从虹桥上冲过，直奔维格利德旷野。这里便是命运之神预言已久的终末决战的战场。

同时在海洋中，那条盘绕大地的世界之蛇尤蒙刚德也发怒挣扎，激起前所未有的巨浪，不久，这凶恶的尤蒙刚德也游出水面，往维格利德旷野去了。这大蛇所激起的巨浪的一个浪头冲断了命运之船纳吉尔法（Naglfar）的缆索（这缆索是用死人的指甲造的），正好被摆脱了束缚的洛基带着真火之国穆斯贝尔海姆的全体火焰巨人遇见。他们乘上这条船，洛基掌舵，大船冲破惊涛，直驶维格利德。

另一只大船从北方驶来，赫列姆（Hrym）把舵，满载着全体霜巨人，每个都全副武装，也飞快地开往维格利德，要和神们做最后的决战。冥王赫尔也从地底爬出来了，带着她的恶犬加尔姆，还有毒龙尼德霍格。这条恶龙的双翼上挂满死尸，在战场上飞翔。洛基一上岸，就碰到这些援军，他带着他们，直赴维格利德大战场。

突然，整个天空都变红了。火焰巨人苏尔特尔扬起了他的火剑，带着他的儿子们，正从天上驰过。他们走上了虹桥，想直冲阿斯加德，可是他们燃烧的马蹄太沉重了，只听一声响彻宇宙的巨响，虹桥断了。

神们知道他们的末日到了。而且他们的无准备无远见，使他们的处境不利：奥丁只有一只眼；提尔只剩一只手；弗雷没有剑[①]，只能拿一只鹿角作兵器。虽则如此，神们却都很镇定，毫无惧色。奥丁抽空先到乌尔达圣泉边看一看，只见诺恩三姐妹坐在凋零的伊格德拉修树下，脸罩着薄纱，悄悄地没有一点声息；在她们旁边放着一张破碎的网。奥丁在看守智慧之泉的老巨人密弥尔耳边说了几句话，就又赶回维格利德战场。

现在两军的人都到齐了。在这一边是坚定的亚萨神们、伐

① 他的胜利之剑已经给了史基尔尼尔，为的是报答他的说亲之功。参见第十一章。作者注。

纳神们和恩赫里亚们，另一边则是闹哄哄的一群：火焰巨人苏尔特尔、狰狞的霜巨人们、赫尔的死白色军队、洛基和他的妖魔帮手——恶犬加尔姆、芬里尔狼、巨蛇尤蒙刚德。这最后两只巨兽喷出的火烟和毒雾，弥漫了整个宇宙。

无数的陈年旧恨现在一齐迸发。两方的人都出死力相拼。奥丁敌住了芬里尔狼，托尔对付巨蛇尤蒙刚德，提尔和恶犬加尔姆战成对手，弗雷和苏尔特尔、海姆达尔和洛基战在一处，其余的神和恩赫里亚们也显示威武。但是命运早已指定神们必得失败。首先奥丁被杀死了。由芬里尔狼所代表的恶的潮流，即使是奥丁也抵挡不住。芬里尔狼越斗越勇，身躯也越来越大，直到最后，它的血口上撑着天，下挫着地，将奥丁活吞下去。

没有一个神能够抽身救奥丁。弗雷虽然勇武，可是被苏尔特尔的火剑刺中了要害。海姆达尔稍占上风，可当他一刀砍死洛基的时候，自己也伤重而死。提尔与恶犬加尔姆也是同样的结果。托尔和巨蛇尤蒙刚德恶战半晌，终于一雷锤打死了这妖魔，可是巨蛇身上喷出的血潮也将托尔毒死。

维达尔从战场的一角冲过去要报父仇。古老的预言现在又要应验。维达尔准备了很久的厚靴子现在起了作用。他的独脚踏住芬里尔的下颚，两手用力抓住它的上颚，用力一扯，将这怪兽撕成了两半。

然而此时，其余的神祇和恩赫里亚，死伤将尽；突然巨人苏尔特尔挥动火剑乱舞，天、地和冥土三界都立刻充满了火焰。生

命之树伊格德拉修也化为灰烬，火焰又延烧着神们的金宫。大地成为一片焦土，海洋里的水沸腾蒸发。

这场恶火，烧尽了三界的一切，善与恶同归于尽。大地焦黑残坏，慢慢地往沸滚的海水中沉下去。世界末日果然到了，混沌的黑暗笼罩着宇宙。

但是，北欧人的想象并不就此结束。他们相信，苏尔特尔的大火虽然烧毁了世界，却也烧毁了一切的恶；此后，从“恶的废墟”上将会有新的善产生，世界将重生，幸免于大难的神——第二代神们将再来重整神宫，永为世界的主宰。

于是北欧人的想象中，经过了不知多少时候，火烧的大地渐渐冷却，从海里浮起来，像洗了个澡一样清新；日光再度照临这苏醒的大地，苏尔的女儿继承其职，驾起日车在天空中巡行。这第二个太阳没有第一个那样炎热，所以无须用盾隔离它的热度。这更温和的阳光使地面重又披上一层绿衣，花和果实再度繁荣茂盛。两个人类，男的叫利弗（Lif），女的叫利弗诗拉希尔（Lifthrasir），现在也从密弥尔在树林中的藏身处中钻出来了。他们做了这醒来的大地的主人，再度传承第二代的人类。

一切代表着逐渐发展的自然力的神都在那场大灾难中死了。但是伐利和维达尔，这两位代表了自然之不灭的神却没有死，现在回到了从前神们游戏的场所——伊达瓦尔德平原。在那里，他们遇到了玛格尼和摩迪，已逝的雷神托尔的儿子，“力”与“勇敢”之人格化。他们还保存着父亲的武器——雷锤。

早先住在伐纳海姆为质的海尼尔也回来了，而且从黑暗的冥土，那被万物所爱的巴尔德和盲眼的霍德尔又归来了。这两兄弟已经和解了，过去的错误都被宽恕，现在光明和黑暗和谐地同住着。

这一小群神踯躅于神宫的故址，突然看见最高的神宫津利（Gimli）还是巍然无恙。它那宛如日轮的金顶正反射着耀眼的光芒。于是就在这座宫殿里，神们再建了第二代的阿斯加德。

“神之劫难”这个故事，也可以从另一方面来解释。我们知道在太古时代，地球上各处都经历过冰川、洪水，以及火山爆发等事件，所以各民族的神话中都有世界毁灭及再造的故事。在北欧，对洪水的印象大概没有火山爆发来得那么深，所以北欧没有世界洪水的神话，而有火光漫天的“神之劫难”的传说。

但正如我们在第一章中说过的，北欧神话过早地受到了基督教的侵犯，尚未达到完具而即消亡，所以“神之劫难”虽似结束了奥丁等第一代神，却使我们想到原来北欧或许尚有关于维达尔等第二代神的故事；如果没有基督教势力的侵入，也许“神之劫难”正是“第二代故事”的开始，而非“第一代故事”的结束。

基督教的信徒想利用“神之劫难”使北欧的原始信仰与基督教的信仰相互妥协，也是可以从《小埃达》中看出来的。《小埃达》在述及“神之劫难”以后，附有一诗，则说奥丁等神死后，有一个至高无上、无可名状的神成为世界的主宰，使善者得福，恶者得祸；又谓别有二天宫，以居巨人族和侏儒族，因为此二族也不过遂行命运之前定，初非大恶，在新的主宰世界之神的面前，巨人和侏儒也应享受同等待遇。

《大埃达》和《小埃达》均出于基督教徒之手，故此诗中所谓至高无上、无可名状之神，当指基督教之上帝。似乎基督徒保留了北欧原始信仰的前一部分，而利用“神之劫难”的故事轻轻地将基督教信仰衔接上去。因此北欧原始信仰的后面部分——如果有的遂从此湮没消失了。

第二十三章　希格尔德传说

《大埃达》的第一部分包括了宇宙之创造、神们的事迹以及神们之终于丧亡等故事，可说是属于神话的；而第二部分却包括了一连串的英雄叙事诗，述及伏尔松格（Volsung）一家的事迹，特别是伏尔松格家族最有名的首领希格尔德（Sigurd，）的冒险，可说是属于传说的。在北欧，希格尔德是最有名的民族英雄，所以希格尔德的传说也可以说是北欧的史诗，相当于《伊利亚特》。

在希格尔德传说一或普通些说是伏尔松格传说，还包括了日耳曼有名的尼伯龙根传说的材料，以及许多民歌。后来瓦格纳

(Wagner，1813—1883年) 的名曲《莱茵的黄金》以及《女武神的骑行》等，都取材于此。

民族英雄的传说，本应视为神话的一部分。我们现在也简略地叙述一下这有名的北欧“史诗”伏尔松格传说。

伏尔松格传说始于希吉（Sigi），奥丁的一个儿子，有威权，受人尊敬。直到后来，因希吉妒忌别人打猎比他好，竟杀了那个人。就为了这罪恶，希吉被逐出本乡。但是，奥丁似乎还在眷顾他，给了他一条设施齐全的船和一船勇士，并且允许他到处得胜。

这样受了奥丁的帮助，希吉的袭击成为他的敌人的噩梦，最后他征服了广阔的土地，自称匈（Huns）帝国的皇帝，威权很大。可是到了很老的时候，奥丁的佑护离开他了，他被妻属的亲戚用阴谋所杀。

希吉的儿子利里尔（Rerir）从远征中回来，继承了大位之后，第一件事就是为父亲报仇。利里尔是一个好皇帝，国内安康，只是他没有儿子。后来他的祈祷打动了神们之后弗丽嘉，弗丽嘉使侍女盖娜赐以一苹果。利里尔在山边散步时接到这苹果，他怅然片刻以后，省悟到此乃神赐嗣子之意，于是持归和他的妻子分食了，后生一子，名为伏尔松格，长得英俊端庄。不久，利里尔夫妇去世，还是婴儿的伏尔松格继为国王。

伏尔松格在位多年，国家更富强了。伏尔松格又是雄才大略的君主，手下勇士无数，他们都在布兰斯托克（Branstock）下面分享皇家的食物。布兰斯托克是一棵橡树起于伏尔松格的大宫之中央，直贯屋顶而荫罩了整座宫廷。

伏尔松格已经有十个儿子，而第十一个来的却是光耀了他的家族的女儿，希格妮（Signy）。希格妮到了待字之年，艳名声噪远近，许多人都来求婚，其中就有哥特（Goth）国王希吉尔（Siggir）。希吉尔最后得了伏尔松格的许可，尽管希格妮还从来没见过这位有幸的求婚者。到了结婚那天，希格妮看见新郎是那样猥琐凡庸，远不是她的哥哥们这样气宇轩昂的人才，心里就不高兴。可是为了家族的体面考虑，希格妮勉强成婚。她这种悒悒的心情，只有她的哥哥希格蒙德（Sigmund）知道。

结婚的喜酒刚吃到一半，大家正在快乐的顶点时，忽然来了一位不速之客。他只有一只眼睛，披一件云蓝色的大袍，身材很高。他不看吃酒的大众一眼，也不说一句话，径直走到大橡树布兰斯托克前，拔出一把利剑，深深砍入橡树粗笨的树干上。然后，他慢慢地转过身来，对惊异着睁大双眼的众人说，谁能拔出此剑，将无敌于天下。说完，这位不速之客就不见了。于是大家就明白这是奥丁大神亲自来显示奇迹给他的后裔看。

伏尔松格乃请在座的人去试拔这把剑。第一个被邀的是新郎希吉尔，虽然他用尽平生之力，宝剑却不肯出来拔出来。第二个是伏尔松格自己去试，也没有成功。他的前九位王子也都一一去试拔，剑还是牢牢地不肯出来。于是轮到第十王子，最年幼的希格蒙德，却轻轻松松拔了出来，仿佛剑只是套在鞘子里一般。

所有在场的人都庆贺这位年少王子的成功，希吉尔心里却是妒忌。他向希格蒙德买这把神赐的宝剑，但被希格蒙德拒绝。希吉尔觉得太丢脸，当下就决心要谋害伏尔松格一族，夺取这把神剑。他就请伏尔松格和他的十个儿子在一个月后到他的国内游玩，伏尔松格慨然允诺。希格妮猜到希吉尔有阴谋，侍候她丈夫睡着后，悄悄地警告她的父亲，劝他不要到希吉尔的国内。但伏尔松格不肯失信。

新结婚的一对归家去不久，伏尔松格乘着一条载满了人的船到达了希吉尔国境的海岸。希格妮早已在留心守望，一见到自己家里人的船，就赶快跑下沙滩去告诉他们不可上岸，因为希吉尔已经有埋伏。但是伏尔松格家族的人是什么都不怕的，他们安慰了希格妮，就带了兵器上岸。

果然在半路上遇到伏兵了。伏尔松格一家人虽然勇敢善战，但寡不敌众，老伏尔松格战死了，十个王子都被活捉。卑怯的希吉尔并没在战场上露面，现在却高坐着审问十位王子。他夺取了希格蒙德的神剑之后，便要处十人以死刑。希格妮的哀求也不能救她哥哥们的性命。她仅能求得将他们缚在森林中，让他们饿死，如果他们不被野兽咬死的话。希吉尔深恐她私下去帮助她的哥哥们，于是将她囚禁在宫中，一举一动都有人监视。

每天早晨，希吉尔派人到森林中去看十个伏尔松格王子是否还活着。每天的回报都是已经死了一个；因为每晚都有一只怪兽从林中出来，吃掉一位伏尔松格王子，只剩下一堆骨头。待到只剩希格蒙德还活着的时候，希格妮想了一个计划。命她的仆人偷偷到森林中，将蜜糖涂满了希格蒙德的脸和嘴。那一晚怪兽来时，嗅得蜜的甜味，便用舌头舐希格蒙德的脸，后来竟将舌头舐进希格蒙德的嘴里。这是一个好机会，希格蒙德立即咬住了狼的舌头，和它争斗，结果不但杀了恶狼，自己也挣断了束缚，暂时躲在森林深处。一天，希格妮来收她哥哥们的骨头，希格蒙德就从隐匿处出来与她相见。二人把九个哥哥的白骨头收拾好了，发誓定要报一族之仇。希格妮先回宫去，希格蒙德造了一个茅屋，就在森林中住下来。

现在希吉尔已经并吞了伏尔松格的国土。他快快活活地等待第一个儿子生下来。希格妮盼望这个儿子能为自己报仇，所以等到这孩子十岁的时候，就悄悄地送给希格蒙德，请他训练这孩子。但是希吉尔和希格妮的混血儿是没有勇气的，所以希格蒙德试过那孩子后就送还给希格妮。第二个孩子生下来了，也还是没有勇气，于是希格妮知道了，非伏尔松格家族的纯血种不能担负报仇的重任，她决定自己犯罪，去得到这纯血的后代。

她招进一个年轻美貌的女巫来，和她调换了相貌。于是她找到森林中希格蒙德的茅屋，在那里等候希格蒙德回来。希格蒙德，认不出这位风骚的少妇就是自己的妹妹，竟和她睡觉了。三天后，希格妮回到自己的宫里，复了原形，不久就生一子，从这婴儿的声音和相貌明显能看出他有着纯正的伏尔松格血种。她将这个孩子命名为辛菲奥特利（Sinfiotli）。等到辛菲奥特利十岁时，希格妮亲自试验他的勇气，把他的衣服缝在他的皮肤上，然后猛地扯下来，可是这孩子却不喊痛，反而大笑。希格妮知道他不是常人，就送他到希格蒙德处接受训练。

和希格蒙德在森林中，辛菲奥特利表现得异常勇敢。他学会了北欧武士应会的各种本领，而且和希格蒙德成了好朋友。

有一天，他们在森林中看到一间茅屋，里面有两个人睡着，墙上挂着两张狼皮。希格蒙德知道这是魔法师用以变人为狼的，遂取了狼皮，和辛菲奥特利各披一张。他们也立刻变成狼，跑出森林去，见人就咬。后来狼性愈重，便互相撕咬起来。因为辛菲奥特利比较年轻且孱弱，就被希格蒙德咬死了。这惨剧使希格蒙德恢复了本性，守在他朋友的身旁，没有办法。这时突然有一对鼬鼠从树丛中跳出来，也互相撕咬，结果死了一只。得胜的鼬鼠跳进茂密的草丛中，拿一片树叶出来，搁在死鼠的胸上，那死鼠就又复活了。变成狼的希格蒙德正在看着，忽然有一只大鸦衔了一片同样的树叶丢在他脚边。希格蒙德知是神赐，用以救活了辛菲奥特利，他们就一同回到自己的茅屋里，等待那魔法的时效过去，好将可怕的狼皮脱下来。他们等到第九夜，狼皮脱落了，他们还为人形，就立刻将狼皮投在火中烧了。

后来希格蒙德将自己的大仇讲给辛菲奥特利听。虽然是希吉尔的儿子（他俩都不知道希格妮用的把戏），辛菲奥特利却发誓要帮希格蒙德报仇。择定一个晚上，两人溜进希吉尔的宫殿，躲在酒库里。不料希格妮的前两个儿子正玩着掷金环的游戏，有一个金环滚进酒库里去了。这两个小孩子发现了两个埋伏的刺客，大喊起来。希吉尔和他的人惊起，拿兵器要抓刺客。希格妮抓住了她这两个儿子，推给希格蒙德，叫他杀却。希格蒙德不肯，辛菲奥特利就杀掉他们，和希格蒙德跳出来抵抗希吉尔的武士，结果两人都被捕。希吉尔命令将他们关在一座坟墓里，墓口上面盖了石板，将他们活埋。当最后一块石板将要盖上时，希格妮抱了一束稻草投在辛菲奥特利的脚边，希吉尔的人以为那是只能让两个刺客多受几天痛苦的食物。然而当石板盖好了时，辛菲奥特利打开那束稻草来看，发现不是食物，却正是那把刀。用这把神刀，辛菲奥特利和希格蒙德砍穿石板，逃出被活埋的坟墓。

重获自由的希格蒙德与辛菲奥特利便在希吉尔的宫内放起火来，然后把守住出口，只许妇女出来。他们大声呼唤希格妮赶快逃出来，可是希格妮只在门口边拥抱了希格蒙德，匆匆地将辛菲奥特利的真实身份说了，就回身跳在火焰中，和她的仇人同归于尽。

既已复仇，希格蒙德和辛菲奥特利就离开哥特地方，回他们的故乡。他们很受欢迎，希格蒙德做了国王，又娶美丽的博格希尔德（Borghild）为妻，生二子，名为哈蒙德（Hamond）和赫尔吉（Helge）。后者出生的时候，命运女神预言，他将来会被选入瓦尔哈拉，做一名恩赫里亚。

赫尔吉自幼受教于哈加尔（Hagal），按照北欧王室易子而教的规矩。在十五岁时，赫尔吉就十分胆大，曾独自闯入世仇亨廷

（Hunding）的家中。亨廷的人要捉这胆大的少年，直追到哈加尔家里，赫尔吉乔装成侍女，得脱险而出。

于是赫尔吉和辛菲奥特利就同领一支部队去攻打亨足族。他们的战斗很激烈，所以阿斯加德的神们也派了瓦尔基里在战场上飞翔，准备挑选最勇敢的死者带回瓦尔哈拉。这些瓦尔基里中的一名，叫希格露恩的，狂热地爱上了勇敢的赫尔吉，竟公开找到他，愿做他的妻子。经此役，亨廷一族的所有族人都战死了，只剩下一个叫达格（Dag）的人，发誓不为自己的族人报仇，才留下性命。可是他却未守誓，弄到了奥丁的圣矛，杀了赫尔吉。此时古特伦早已成为赫尔吉之妻，她流了许多眼泪，悲悼她的丈夫。直到后来在坟墓中听赫尔吉说她的每一滴眼泪都会成为他伤口上的一滴血，她才不哭。后来不久，赫尔吉就穿过虹桥到瓦尔哈拉，成为恩赫里亚的首领，而希格露恩也重新成为瓦尔基里，和赫尔吉永远住在一起，直到世界末日，神之劫难的那天。

辛菲奥特利也未得善终。他有一次因争吵而杀了希格蒙德的新后博格希尔德的兄弟，所以博格希尔德屡次想毒死他，辛菲奥特利也知道。在博格希尔德兄弟葬礼的酒宴上，博格希尔德在辛菲奥特利的酒里下毒，辛菲奥特利识破不喝，但希格蒙德只以为辛菲奥特利不敢喝酒。辛菲奥特利被希格蒙德所激，将一杯毒酒喝了，就此死去。希格蒙德悲伤地背着辛菲奥特利的尸体到海边，看见一个独眼老翁驾着一条船来，载上那尸体，然后不见。这是奥丁亲自来带辛菲奥特利到天上。

希格蒙德乃废逐了博格希尔德，另娶年轻美丽的希奥尔迪丝（Hiordis）。曾有许多人为希奥尔迪丝着迷，但震于希格蒙德的大名，希奥尔迪丝就嫁给了他。有一个叫莱格尼（Lygni 的）人，本属于亨定家族，也曾向希奥尔迪丝求婚而遭拒，现在就起兵来攻打希格蒙德。虽然希格蒙德已经老了，可是勇力仍然不减。他打死了许多莱格尼一方的人，直到后来有一名独眼、身材高大的老战士突然冲过来举杖攻击。希格蒙德用他那神赐的宝刀去招架，不料刀竟被打成碎片。这样他就没有了武器，那独眼的战士又突然不见，希格蒙德遂为敌人所杀。

胜利属于莱格尼。所有伏尔松格一方的人都被杀死，莱格尼离开战场，想赶快去占据希格蒙德的王位，并强迫美丽的希奥尔迪丝嫁他为妻。然而希奥尔迪丝此时正躲在战场旁的草丛中观战，现在看见莱格尼走了，就从藏身处出来，拥抱了垂死的希格蒙德。希格蒙德吩咐她保藏着那神刀的碎片，又说一族的大仇将来要由她腹中的孩子来报，因为希奥尔迪丝现在已经有孕在身。

希格蒙德气绝了。希奥尔迪丝正在悲哭，她的侍女突然来报，说有一队丹麦人来了。于是她们再躲入草丛中。希奥尔迪丝和她的侍女互换了服装，然后出来见那队丹麦人的国王埃尔弗（Alf）。她们把经过的战事说得那么详细，引起了埃尔弗的极大兴趣以至他非常高兴。他敬重希格蒙德，收拾了他的尸身，举行隆重的葬礼，然后带希奥尔迪丝及其侍女回他自己的国家。

回国之后，埃尔弗开始对这两个女人的主从关系产生怀疑。

他用手段试出了谁是真正的希奥尔迪丝，就要娶她为妻。希奥尔迪丝的条件是须得好好照顾她未来的儿子。后来希奥尔迪丝果然产下一子，取名为希格尔德，由最聪明的侏儒莱金（Regin）来教育这孩子。莱金不仅知道过去一切的事情，而且知道自己未来将死于一个年轻人之手。

希格尔德渐渐长大了，聪明甚至胜过他的老师。他会打造兵器，懂卢恩文字，又善辩论，而且还是无人能敌的勇士。到了成人之年，他向埃尔弗提出要一匹马，这时，奥丁又亲自来指点他选马，终于选到一匹是天马史莱普尼尔后代的好马名为格拉尼。

一个冬天的夜里，希格尔德和莱金围火而坐。莱金弹着琴，唱出一首诗，自述他的生平事迹：

赫瑞德玛是侏儒国的国君，有三个儿子：长子法弗尼尔（Fafnir），有的是大胆子和强臂膊；次子奥特尔（Otter），能变化成万物；三子就是莱金，有聪明的头脑和一双灵巧的手。为了取悦赫瑞德玛，莱金建造了一座房子，镶满金珠宝石，而勇敢的法弗尼尔就做了守卫。

有一天出事了。奥丁、海尼尔和洛基三位神乔装为人类，到了赫瑞德玛的家。在门口，洛基看见一只水獭在晒太阳。这实际上是赫瑞德玛的儿子奥特尔所变的，可是洛基不知道。他杀了这水獭，背在肩上，准备做一餐晚饭。三位神进了赫瑞德玛的屋子，立刻就被擒住。赫瑞德玛要他们偿儿子的命，除非他们能拿足以堆满这水獭皮的金子来赎。他先放了洛基，让他设法去筹集金子。

洛基找到了住在水底的侏儒安德瓦利（Andvari），将他所藏的黄金攫夺殆尽，又夺走了他的“恐怖之盔”。但他还觉得金子不够，最后又抢走了安德瓦利手中的聚金指环。这个指环能自己吸引金子来，犹如磁石吸铁。即使被抢了指环的安德瓦利诅咒得此指环者必遭杀身之祸，洛基也不管。

回到赫瑞德玛的家，洛基拿出抢来的金子投到水獭皮上。可是这水獭皮自行扩大了，洛基的金子只嫌太少。最后洛基没有办法，只好牺牲了他抢来的聚金指环。于是三位神才能重获自由。

现在侏儒的诅咒就要应验了。因为是兄弟的偿命钱，所以法弗尼尔和莱金都要求分得一份金子，可是财迷心窍的赫瑞德玛什么也不给。法弗尼尔就杀了父亲，又将要求分财产的莱金赶出门外，直到现在。莱金变成流浪者，依靠他的聪明和手艺过日子。而法弗尼尔，他久踞在他的财宝上，化成一条可怕的龙，住在格尼塔海德（Gnitaheid）。

莱金唱完了他的故事，问希格尔德可否愿为他报仇。希格尔德答应了，但先须莱金为他铸造一把好剑。莱金铸造了两把剑，都被希格尔德折断。后来，希格尔德从母亲那里拿来了父亲留下的神剑碎片，方才重造成了这把折不断的神刀。

希格尔德先去为伏尔松格家族复仇。他杀了莱格尼和他的所有族人，然后就和莱金去找那条毒龙法弗尼尔算旧账。

他们在山里骑行，山路是一步一步地高起来，后至一荒凉沙碛，莱金说这里就是法弗尼尔所居之地，诸希格尔德一个人前进。希格尔德走了许多时候，遇见一个独眼老人，指点他须在这里掘沟设伏，等那毒龙出来时用剑刺它的心。希格尔德依教掘了沟，躲在里头。毒龙每天都要经过这片沙碛到河边去喝水，当他从沟的上方经过时，希格尔德看准龙的左胸猛刺一剑，果然杀死了这妖魔。

莱金见危险过去了，方才走近来。他怕希格尔德要索取报酬，就先抱怨希格尔德不该杀了他的哥哥。他说一命抵一命的话姑且不提，只要希格尔德替他挖出龙心来，烧好给他吃，他就愿意和解。希格尔德慨然应允，答应暂时充当一次庖丁。莱金一面等着龙心来吃，一面又在打主意，如何暗算这个年轻人。

希格尔德将龙心烤了一会儿，便用手去摸，想看看是否已经烤好。不料灼烫了手。他将自己的手指放进嘴里吸吮——就像被灼烫的人们常做的那样，立刻奇事来了：龙血一碰到他的舌头，他突然听得懂鸟儿的话了。此时正有一群小鸟在他四周啾啾地叫。希格尔德用心一听，知道小鸟们是在对他说：莱金不怀好意，应该杀了莱金，拿走他的金子，因为这是希格尔德应得的战利品；至于龙心和龙血，希格尔德可以自己吃。这些忠告正合希格尔德之意，他就杀了莱金，喝了龙血，又吃了大半个龙心，留下一小半预备以后再吃。希格尔德又取走了“恐怖之盔”和聚金指环，将金子装在他的马的背囊内，坐在鞍上再细细听小鸟们还有什么话。

他听说山里，有一个沉睡的女郎，身旁有猛火环绕，只有极英勇的人才能走入火中将她唤醒。希格尔德所要做的，正是这样的冒险，于是他就去找。经过了极长而且难行的山路，他终于在法兰克兰（Frankland）的希恩达尔（Hindar fiall）山上，看见在一座极高的山峰之顶，隐隐有火焰喷出来。

希格尔德从山麓上去。火焰是更加厉害了，待到山顶，他看见一个火焰的圆圈呼呼地响着，即使是最勇敢的人也会望而却步。但希格尔德记起了小鸟的话，便冲进这火圈。这时，那狂暴的火焰突然熄灭了，希格尔德依着一条白灰的路径往前去，走进了一座城堡。城堡的门大开着，希格尔德纵马直入，毫无阻拦。这里没有一个人。终于在院子中间，他看见有一个披甲戴盔的人形躺着。希格尔德下了马，将那人的铁盔的面罩揭开来看时，不禁惊呼起来：原来不是战士，而是一名极美丽的少女。他用了种种办法想要唤醒她，可是都无效。后来他脱她的甲，甲内衬着的是雪白的女袍，她的金色的长发纷披在腰间。当甲胄被完全割开的时候，少女睁开了她的双眼。一线阳光照到她脸上，她的眼睛放出光芒。她凝眸看向那位救她醒来的少年战士。这一刻，他们两个相爱了。

女郎讲起她自己的故事：她名为布伦希尔德（Brynhild），是天庭中尊荣的瓦尔基里。因为一次许多奥丁的旨意，遂被奥丁贬下人寰，而且要像人类的女人那样嫁个丈夫。布伦希尔德很感不安：她深恐自己的丈夫会是一个卑怯的驽汉。为了要使她安心，奥丁乃将她带到这希恩达尔山来，用“睡角”触她，使她长眠，而且能在睡眠中保持青春的美丽与活泼，直到她命定的丈夫到来。他又用火焰的围墙环绕在她周围，这样，除非是极勇敢的人，否则便不敢进来。

布伦希尔德指着伦达尔（Lymdale）的方向，说那是她从前的老家。不论什么时候，希格尔德都可以到那里去娶她为妻。于是希格尔德就将他的聚金指环套在布伦希尔德的手指上，算是订婚的定约。他发誓，永远只爱她一个。

据有些传说，这一对就此分别了。但据另一说，希格尔德不久就娶了布伦希尔德，过了些快乐的日子，然后又不得不离开她和新生的女儿。这个女儿叫亚丝拉琪（Aslaug），由外祖父抚养长大，三岁时被藏在琴身中，逃难出外。半途中，外祖父宿于农家，农人以为琴中藏有金子，就谋害了那老人，打开琴来一看，却是个好看的女孩子。亚丝拉琪在农家长大后，非常美丽，而且极其聪慧至于希格尔德和布伦希尔德分别的原因，据说是因为希格尔德立誓要在世间行侠，扶弱锄强，以期不负英雄本色。

希格尔德漫游到了尼伯龙根地方。这里终年为浓雾笼罩，吉乌基（Giuki）是国王，格莉希尔德（Grimhild）是王后。这位王后是很可怕的人，因为她不但会魔法，且能调配种魔法药水，令饮者尽忘前事而服从她的意志。他们有三个儿子：古恩纳尔（Gunnar）、胡格尼（Hogni）和古托姆（Guttorm），还有一女，名为古德露恩（Gudrun），是少女中最温柔美丽的一个。希格尔德受到国王一族的欢迎，于是吉乌基请希格尔德多住些时日，希格尔德也答应了。不久，他的勇敢为王后格莉希尔德所赏识，思欲以其为女儿古德露恩的夫婿。因此，有一天，她调好了魔法药水，让古德露恩拿给希格尔德喝。结果，希格尔德完全忘记布伦希尔德及他自己的誓约，却一心爱着古德露恩了。

虽然微感若有所失、心绪不安，但希格尔德还是向古德露恩求婚，而且成功了。他们的婚礼使得尼伯龙根人都很快乐。希格尔德拿出他藏着的半个龙心，让古德露恩吃了一些。从此，古德露恩的性情大变，除了希格尔德之外，对一切人都是冷冷的。希格尔德又与古恩纳尔及胡格尼结为异姓兄弟，发誓永远不仇视。

过了些时候，老王吉乌基死了，长子古恩纳尔嗣位。这个年轻的国王还未娶妻，因此他的母亲格莉希尔德正在留心物色。她认为除了布伦希尔德之外，再没有合适的人选了。据她得到的传言说，布伦希尔德是某国公主，居于一城堡中，城堡四周环绕着火焰，只有能进这火焰围墙来见她的英雄，她方才嫁。于是古恩纳尔就准备去找这位火焰中的少女了。他请希格尔德做伴，又带了他母亲的魔法药水以备不时之需。但当他到了山顶的火焰围墙外面时，虽然他敢上前，可他的马却不敢。无论怎样鞭策，古恩纳尔的马只有后退，不肯前进。但希格尔德骑的马却并无惧色，古恩纳尔因请与希格尔德易马。但是希格尔德的马也作怪，虽然让古恩纳尔骑了上去，却不肯动一步：除了主人之外，它是谁都不载的。

现在，希格尔德戴着他的“可怕的盔”，而古恩纳尔又备着魔法药水，所以希格尔德想，如果他要和古恩纳尔易形，倒是不难办到的；古恩纳尔也觉得除此更无他法，就同意了希格尔德的建议，让希格尔德化为自己的相貌，进火圈去求婚。于是希格尔德进了火圈，到城堡的大厅里，见了布伦希尔德。这一对情人，现在却不相识了：希格尔德自从喝了魔法药水之后，早已尽忘前情；而布伦希尔德，则因希格尔德已变成别人的相貌，所以就以为他是另外一人了。

看见又有人闯进来，布伦希尔德很是吃惊，她以为除了希格尔德之外，不会有第二个人能进得来。但她还是坦然地迎接，而且当听说这人是来求婚的时，她又允许他以丈夫的资格留在她身旁，因为她曾经有过重誓，凡能进火圈的人，她都不能拒绝。

希格尔德和布伦希尔德同住了三天。睡觉的时候，他的宝刀亮晃晃地出了鞘，放在他的身体与布伦希尔德的身体之间。他这不近人情的举动令布伦希尔德很奇怪，希格尔德则解释说，是神要他的婚仪这样举行的。

当第四个清晨到来时，希格尔德从布伦希尔德的手指上取下那聚金指环，另换了一个，布伦希尔德则十天后到尼伯龙根来为妻为后。希格尔德出了城堡，向古恩纳尔报告事已成功，两人便又互换为原来的形貌，赶回尼伯龙根。关于古思纳尔求婚的秘密，希格尔德只和妻子古德露恩说了，又将聚金指环戴在她的手指上。他完全没有想到，大祸从此开始了。

十天后，布伦希尔德果然来了。她温和地为古恩纳尔祝福，而且让他引自己到大厅内，希格尔德和古德露恩正坐在那里。当布伦希尔德进来的时候，希格尔德刚好也抬起眼来，恰好接受了布伦希尔德的熠熠的一瞥。立刻，那长久以来的魔法消失了，希格尔德像陡然从梦中惊醒似的记起以往的事。但是，已经迟了。布伦希尔德已成为古恩纳尔的妻子，而他自己呢，也已成了古德露恩的丈夫。

日子一天天过去，布伦希尔德表面上还是扬扬自若，可是心里却是怒火炽烈；她常从丈夫的宫中偷偷地跑出来，到森林中去发泄她的愤懑哀怨。古恩纳尔呢，也觉得妻子对自己总是很冷淡，便开始起疑心了。他怀疑希格尔德也许已老老实实地把求婚时易形的秘密告诉了布伦希尔德，或者是希格尔德利用那和布伦希尔德同住三天的机会，已先取得了布伦希尔德的爱。

希格尔德却比较没有的烦恼。他还是天天除恶诛强，赢得弱者的赞颂。

有一天，古德露恩和布伦希尔德同到莱茵河里洗浴。古德露恩要先入水，布伦希尔德不依，说这是她的特权。因此，两人对骂起来了。古德露恩骂她的嫂子不端正，先前已有爱人，后来又嫁古恩纳尔，还举她自己手指上的聚金指环为证。听了这些话，布伦希尔德的心碎了，又看见那戒指已在情敌的手指上，她一言不发，奔回自己的宫中，躺着发闷，不声不响，也不饮食。古恩纳尔及王族的人都来劝慰，想引她说话，然而都无效。直到后来希格尔德来问候她时，她突然像久湮而始通的泉水一样，倾泻出一大堆怨恨的话来，使得希格尔德的心胀大了，竟爆断了铁甲的钮环。

当时那糟糕的情形不是言语所能形容的。希格尔德自承愿离弃古德露恩，可是布伦希尔德却不许，且斥希格尔德出去，说她不肯背叛古恩纳尔。

想到有两个活人都称她为妻，这是布伦希尔德高傲的心所不能堪的。于是当古恩纳尔再来时，布伦希尔德要求他置希格尔德于死。这使得古恩纳尔的妒忌和怀疑又加深了。可是，因为他曾和希格尔德立誓不相仇，所以还是拒绝了妻子的要求。布伦希尔德乃转求于胡格尼，然而胡格尼也不愿破誓，却引古托姆以自代。可是要使古托姆允任这件事，也全靠格莉希尔德的魔法药水。

于是在黑夜里，古托姆偷偷溜进了希格尔德的卧室。正待下手，却看见希格尔德那闪闪的目光，便赶快退出来。第二次他再进去，还是那样。等第三次进去时，希格尔德已经睡熟了，古托姆就用矛刺通了他的背和腹。虽然受了严重的致命伤，希格尔德却还能坐起来，取下床头的神剑遥掷向正在逃走的刺客。古托姆被斩为两段，死于门边。希格尔德微声对惊恐至极的古德露恩说了告别的话，就绝了气。

希格尔德的儿子也同时被杀。可怜的古德露恩对着两具尸首，只是干哭，而布伦希尔德则大笑。这使古恩纳尔很生气，他深悔自己没有阻止这惨剧的发生。

尼伯龙根人哀念希格尔德，为他举行盛大的火葬。许多送葬的礼物、兵器，还有希格尔德生前所骑的好马，都准备一齐火葬。妇女们最不放心的却是古德露恩，因为她已经悲痛得没有眼泪了。许多妇女想引古德露恩哭出眼泪来，可是都无效。直到后来把希格尔德的头放在她膝上，古德露恩的眼泪才暴雨般地落下。

布伦希尔德看到希格尔德的尸身及那殉葬的神马，对希格尔德怨恨的意思都没有了。她回到自己的卧室中，穿上最好的衣服，将她的物件都赏赐给了侍女，然后仰卧在床上，拿短剑刺入自己的胸膛。古恩纳尔听到这噩耗，急来看时，布伦希尔德只剩一口气，刚好能够说出她的遗言。古恩纳尔依她的愿望，将她的尸身放在希格尔德身边，两人中间放着希格尔德的神剑，正如他们在山上城堡中度过三个夜晚时那样。

就这样，布伦希尔德和希格尔德同时火葬了。但在瓦格纳的《指环》中，布伦希尔德则是骑在马上，宛如她昔日做奥丁的瓦尔基里时的样子，庄严地走入了大火葬堆，这是一个更为悲壮美丽的结局。

古德露恩还是不得安慰。她恨她的兄弟们夺去了她的爱人，不愿再住在故乡，往依希格尔德的继父埃尔弗。他自从希奥尔迪丝死后，埃尔弗已另娶哈康（Hakon）王的女儿索拉（Thora）为妻。古德露恩和索拉成了好友，她消磨了好几年光阴把希格尔德的功绩织在挂毯上，另外就是抚养小女儿斯瓦希尔德（Swanhild），她的一对有光的小眼睛常使古德露恩想起她那死去的丈夫。

那时候，布伦希尔德的哥哥阿提利（Atli）正为匈国国君，他派人到古恩纳尔处，问其将以何平息他的妹妹自杀之怨恨。古恩纳尔的回答是，愿以古德露恩为阿提利之妻，只等古德露恩过了服丧的期限。过了若干时候，阿提利又来要求履行承诺。于是古恩纳尔兄弟等人找到古德露恩，在魔法药水的帮助下，居然怂恿她离开小小的斯瓦希尔德，去做阿提利的妻子。

然而古德露恩暗中对阿提利感到不满，他的恶劣品行使她不乐。虽然生了两个儿子，埃尔普（Erp）和埃特尔（Eitel），但也不能消灭她怀念斯瓦希尔德的心情。她的思想经常眷念过去，讲过去的事。可万万想不到，她所说的尼伯龙根一族的富有，竟引起了阿提利的贪心，他秘密地计划如何夺取这国土。

阿提利终于派了他的手下克纳弗鲁德（Knefrud）去邀请统治尼伯龙根的尼伯龙根的亲王们到他国内来游玩，意要等他们来到时就杀了他们。但是古德露恩看破这阴谋，就让使者将用卢恩文字写的信和聚金指环也捎给她的哥哥们——她用狼毛缠在指环上，提醒她的哥哥有危险。不料使者在路上将卢恩文字改动了一部分，适成相反的意思。因而古恩纳尔就决定接受阿提利的邀请，虽然胡格尼和格莉希尔德都认为不可去。而在动身之前，古恩纳尔先和胡格尼来到莱茵河边，将那尼伯龙根家族的传国宝藏埋在河底一个深洞内，并告诫胡格尼誓勿泄露。

于是古恩纳尔和胡格尼就带着阿提利的来使克纳弗鲁德上路去了。他们经过许多险阻，然后进入匈国，立于阿提利的宫内。那时，他们才知落了圈套，便先杀了克纳弗鲁德，准备决一死战。

古德露恩也来了。看见必须一战，她也拿了兵器，帮助她的哥哥。当匈人第一次冲杀上来的时候，古恩纳尔便弹他的筝，鼓励他自己一方兵勇的士气。在第二次搏杀时，古恩纳尔筝舍了筝，也加入战斗。他们三次击退了敌人。后来其余的人都死了，只剩古恩纳尔和胡格尼二人，伤重且力乏，终为敌人所擒。

阿提利亲自审问古恩纳尔兄弟二人，要知道尼伯龙根一族的传国宝藏藏在何处。两兄弟都是一句话也不说。直到后来受了许多毒刑，古恩纳尔就说他曾经发过誓，除非他的兄弟胡格尼已死，否则他决不说出那秘密，而且除非他看见胡格尼的心，否则也决不会相信他已死。

为贪心所驱，阿提利就命杀胡格尼而挖他的心来。可是阿提利的手下不敢杀胡格尼那样的英雄，便私自杀了一个怯弱的下人希亚利（Hialli），取他的心来顶替。但是古恩纳尔看见这颗怯弱的心在盘子里只是发抖，他就大骂，说胡格尼是勇者，他的心不会如此发抖。于是阿提利第二次下命令，真的胡格尼的心就端上来了。古恩纳尔看见那铁一般硬的心，知道是真的了，就对阿提利说，现在胡格尼已经死了，世上知道这秘密的只剩他一人，所以这秘密无论如何都不会泄露了。

怒极了的阿提利于是吩咐将古恩纳尔的两手捆缚，投入一个毒蛇洞中。他们把古恩纳尔的琴也投了下去，古恩纳尔就用脚趾弹琴，引得那些毒蛇都入睡了。只有一条蛇，据说是阿提利的母亲的化身，却不入睡，将古恩纳尔咬死了。

阿提利大摆筵席庆贺他的胜利。他命令古德露恩在席前侍候，却不知道古德露恩已经杀了他的二子，煮熟了他们的新作为肴膳，血混在酒里，又巧妙地将他们的颅骨巧妙地做成酒器。等阿提利和他的宾客都喝醉时，古德露恩就放火烧宫，对逃走无门的阿提利宣布了她的报复，也跃入火中死了。另一传说则谓古德露恩用希格尔德的刀杀死了阿提利，截他的尸身投入海中，而后自己也蹈海而死。而第三种传说就差得多，说是古德露恩蹈海后并未死，却被海潮冲到了约纳库尔（Jonakur）国王的境内，被约纳库尔娶为妻子，生二子，而且又得和她的女儿斯瓦希尔德再度团圆。斯瓦希尔德已是很美丽的姑娘了。

关于斯瓦希尔德的结局，据传说，她许嫁于哥特王俄尔曼列希（Ermenrich），这位国王特派了儿子兰德维尔（Randwer）和一臣希毕克（Sibich）来迎娶。希毕克是坏人，想要谋夺王位，因进谗于俄尔曼列希，谓王子兰德维尔见新后貌美，曾试要奸淫她。俄尔曼列希大怒，遂缢死兰德维尔，并命以马践死斯瓦希尔德。可是这位希格尔德和古德露恩所生的女儿是这样得美，野马也为之避道，没有一匹马伤及她分毫。后来还是用大毯遮在斯瓦希尔德身上，她才被许多马足踏死。

知道了女儿被杀的消息，古德露恩命令她的三个儿子去报仇。她给他们以兵器和盔甲，这盔甲只有石头能损伤。不久，她悲愤过度，先死了。

三个儿子进入了俄尔曼列希的国境。要来帮他们，长子苏尔利（Sorli）及次子哈姆迪尔（Hamdir）认为他太小太弱，未必能有多大帮助，遂下杀死了他。他们两个于是去攻打俄尔曼列希，砍去他的手脚，正待杀死他时，忽然出现一个独眼的老人，指导旁人以石块掷击这两位报仇的少年。因为他们的盔甲不能抵挡石头，所以两个少年就都被杀死了。

以上就是伏尔松格传说的概略。对这传说的解释，也有历史的和自然现象的两种：历史的解释是说，阿提利和古恩纳尔均为历史人物，阿提利就是暴君阿提拉（Attila），古恩纳尔是勃艮第的君主古恩狄卡利乌斯（Gundicarius），此人于公元 451 年与其弟一同被杀，国亡于匈人。古德露恩则是勃艮第公主伊尔迪克（Ildico），她在新婚之夜手刃了想要娶她的阿提拉，据说用的就是战神提尔的那把刀[①]。至于自然现象的解释，则谓伏尔松格家族的人：希吉、利里尔、伏尔松格、希格蒙德，还有希格尔德，都是轮流代表着太阳的。他们的武器都是闪亮的剑，那是太阳光芒的象征。而且他们都是走遍世界，铲除恶人——寒冷与黑暗

① 参见第六章。作者注。

的妖魔的；希格尔德像光明之神巴尔德一样为人人所爱，他和黎明的少女布伦希尔德结婚，可是不能长久相处，只是在他即将没落时才又遇见了她。希格尔德的火葬也象征着落日，就像巴尔德的火葬一样。而他杀死毒龙法弗尼尔，则象征了日光征服寒冷和黑暗。

但在以上二说之外，我们也不应忘记，神话和传说总是多少反映着原始时代的生活习惯和道德观念的。从弗丽嘉也是奥丁之女这一传说，我们可以想象在远古的人类中曾行过血亲结婚，现在从伏尔松格传说之中，我们又可以想象这个传说被创造时代的风俗习惯，虽然这传说的背景乃是近乎于半历史的事实。

参考书目

1. *Saemund' s Edda*, or *Elder Edda*（《萨蒙德埃达》，或称《大埃达》）.

2. *The Heimskringla*, or *Younger Edda*（《小埃达》）.

3. *Viking Tales of the North*（《北欧维京故事》）.

4. *Norse Mythology*（《北欧神话》）.

5. *Literature and Romance of Northern Europe*（《北欧的文学与罗曼史》）.

6. *Myths of the Norsemen*（《北欧人的神话》）.

7. *Northem Mythology*（《北方神话》）.

8. *Teutonic Myth and Legend*（《日耳曼神话与传说》）.